ブラコンの姉に
実は
最強魔法士だとバレた。
もう学園で
実力を
隠せない
JN018537

事の発端
the beginning of things
やっぱりアルくんはできる子だっ！

お姉ちゃんはちゃんと信じてたよ！

セシル・アスタレア
アルヴィンの姉。アカデミーでは騎士団に所属している。結婚を申し込むほど弟のことが大・大・大好き
「ね、姉さん……？　ちょ、ちょっと痛いから離れて……」

「アルくんがそんな凄い実力を持っていたなんて！　あ、そういえば……どうして黙ってたの？」

「そ、それは……」

「こんなに強かったら皆も納得してくれるよ――」

自堕落な生活を送りたいだけなんです。

なんて発言は口が裂けても言えなかった。

「お姉ちゃんとの結婚」

口が裂けても本当に言えない。

「こ、こうしちゃいられないんだよ！　今すぐ皆に自慢してこなきゃ！」

「ちょ!?　姉さん!?」

いきなり抱き着いてきたかと思えば、セシルは一瞬にして洞窟の外へと向かっていってしまった。

その速さは正に疾風。

可愛い弟の制止すら置き去りにしていく。

「姉さぁぁぁぁぁぁぁぁぁぁぁん!!!」

アルくんおめでとうっ！
これで立派な
騎士団の仲間入りっ

「アルくんって、実はお姉ちゃんのことを異性として意識してないかな？　なんかそんな朗報が感じられるんだけど」

「き、気のせいですけどもえぇ！　だからその手をズボンから離しやがれっ！」

賑やかな声が馬車から聞こえ、その時の御者は微笑ましい笑みを浮かべていたという。

それは余談であるが、アルヴィンはこのあとなんとか貞操と成長記録を守った状態で着替えることに成功した。

「あ、今日授業が終わったら訓練所来てね！　入団希望者と一緒に顔合わせ会と弟自慢会やるから！」

「後者の参加者って絶対姉さんしかいないじゃん……ッ！」

リーゼロッテ・ラレリア
アカデミーの騎士団の長にして第二王女。アルヴィンの実力に注目し……？
ソフィア
アルヴィンと同時期に入学した平民の少女。彼と一緒に騎士団に入ることに
騎士団へ
the knights of the academy

約束

a promise to her

「もちろん、これは傲慢な話じゃない――僕の使命で、約束だから」

助けられると驕っているわけではない。

リーゼロッテの言う通り、敵が強大でアルヴィン達だけでは返り討ちに遭ってしまうかもしれない。

それでも、守ると決めて約束したから。

命を引き換えにしてでも、アルヴィンはセシルの下へ向かわなければならない。

王国騎士団を待つ選択など、今のアルヴィンにはなかった。

えへへ……
やっぱり、来てくれた

学園

academy

［貴族、及び多額な入学金を納めた平民が通う学園。
魔法士・騎士双方が所属している］

アカデミー内の見取り図

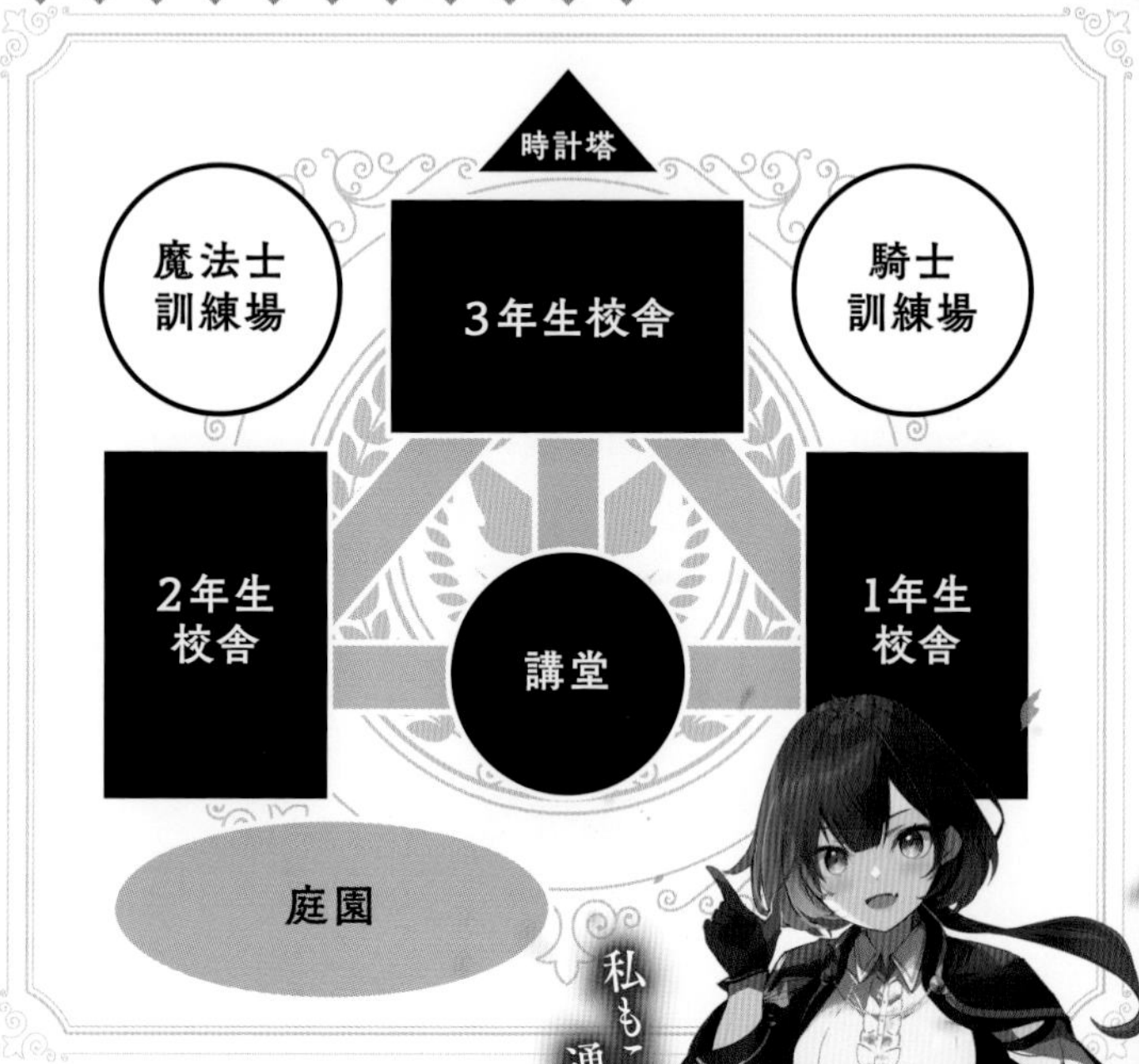

レイラ・カーマイン

アルヴィンと付き合いの長い情報屋の少女。セシルにバレるまでは彼の実力を知る唯一の人物だった

ブラコンの姉に実は最強魔法士だとバレた。もう学園で実力を隠せない

楓原こうた

ファンタジア文庫

3320

口絵・本文イラスト　福きつね

INDEX

My sister found out that I was actually
the strongest wizard

プロローグ

──突然だが、ここで一人の少年について語ろう。

アルヴィン・アスタレア。

アスタレア公爵家の名前を継ぐ、一人の子息だ。

王国の中でも四本の指に入る名門貴族であり、その歴史は王国誕生の五百年前まで遡る。

公爵家に名を連ねる者は優秀だ。

現当主は王国騎士団の団長を務め、夫人は魔法士団の元副団長。

そして、アルヴィンの二つ上である姉はアカデミーの首席であり、次期王国騎士団長と呼ばれるほど若くして剣の腕が凄《すさ》まじかった。

現在はアカデミーが所有する騎士団の副団長をしているほどである。

そんな家族に囲まれているアルヴィンだが、特に少年はこれといった力はないと言われている。

むしろ、家族に比べて悪名高いとでも言うべきか。

自堕落、自由奔放、我儘《わがまま》、無能。

日夜家に引きこもり、遊びたい時にだけ遊ぶ。

優秀な姉とは大違いであり、周囲は常に二人を比べて次々と愚痴のような言葉を漏らしていた。

とはいえ、本人はさして気にしていないのが驚きである。

普通、優秀な身内と比べられてしまえば多少なりとも劣等感を抱きそうなものなのだが、太々《ふてぶて》しくもアルヴィンはスタンスを曲げない。

それが余計に周囲の悪い評価に拍車をかけているのだった——公爵家の、面汚し、と。


「んー……にしても多いなぁ、盗賊」


洞窟内で激しい音が響き渡る。

薄暗い空間の中で、短く切り揃《そろ》えた白髪が松明《たいまつ》の明かりによって薄《う》っすらと光り、いくつもの影が次々に地面へと伏せていった。

『な、なんなんだよこいつは⁉』

『相手はたったのガキ一人だぞ⁉』

『そんなやつにどうして俺達が……ガッ⁉』

阿鼻叫喚《あびきょうかん》。

狭い空間で盗賊達の声が無情にも聞こえてくる。

しかし、そんな声を聞いてもなお……アルヴィンは涼しそうな顔で拳を振るっていた。

(仮にもここは公爵領なんだけど、よくもまぁ堂々とアジトを構えようとしたよね。朝一で抽選券をもらおうとする主婦でもここまで本格的に腰を据えようとはしないのに)

やれやれ困ったものだ、と。

アルヴィンは壁に手を当てて小さく息を吐く。

すると、壁を中心に氷の波が盗賊団目掛けて襲い掛かっていった。

人間の脚力よりも間違いなく波の方が速い。飲み込まれた者は一瞬にして氷のオブジェへと変わった。

「な、なんなんだよてめぇは……ッ！」

洞窟内で唯一運よく波に飲まれることのなかった盗賊が、へたり込みながらアルヴィンを見据える。

「悪党相手に名乗るわけないじゃん。こっちの正体を知られたくない事情もあるんだって理解できますかあんだーすたん？」

アルヴィンはふぅーっと白い息を吐く。

その瞬間、氷の波状が一面に広がっていき——男の足元へと触れる。

「その声、まさか公爵家の面汚しの——!?」

男が何かを言いかけた瞬間、氷の波状はついに男の体全てを飲み込んだ。

静寂が広がり、薄っすらと透き通った幻想的とも呼べそうな景色が一瞬にして完成する。

「……今、なんかこの人僕のこと言った?」

アルヴィンは怪訝そうな顔を見せながら、ゆっくりと氷のオブジェと化した男に近づいた。

「まぁ、気のせいか。顔は隠してるし、誰も僕が公爵家の面汚しなんて思わないだろうしね」

——実のところ、アルヴィンは別に無能なわけではない。

それこそ、客観的に見れば『天才』だと称されるほどだ。

歴代でも珍しい氷の魔法を極めた魔法士であり、一回りも大きい人間の集団をも倒し切れるほど肉弾戦を得意とする。

総合的に、非の打ち所がないほど優秀な人間。

周囲の評価など首を傾《かし》げてしまうほどの男でもある。

ただ――

「だって、だらだら過ごしてる方が楽なんだよなぁ。姉さん達見てると過酷だって分かってるし。僕は進路希望調査で『社畜』なんて書く趣味なんかないんだよね」

この実力が露見でもしてみなさい。

一瞬にして各種方面から宝の持ち腐れを防ぐために、馬車馬のような未来を与えられるだろう。

寝る、遊ぶ、食べるをモットーにしているアルヴィンにとって、名誉や名声なんて必要とはしていなかった。

だからこそ、今この周囲に広がっている評価がありがたい。

これなら、馬車馬のような未来が訪れることもないだろう。

故に、この実力だけはバレないようにしなければ。

「……まぁ、バレないとは思うけどさ」

父と母は公務で常に公爵領を離れている。

こうして慈善事業をしているが、大抵は殺してしまうので問題ない。

姉はアカデミーに通っている学生なので、日中はそもそも公爵領にはいないため露見するリスクはほぼ皆無だ。

「と、特に姉さんはヤバい……弟がこんな実力を持っていると知ったら確実に周囲に広める。あの歩く拡散機だけには絶対にバレてはならんのだ優雅な自堕落ライフのためにもッッッ！！！」

怖い想像をして、アルヴィンの背筋が思わず凍る。

しかし、冷静に大きく深呼吸して頭の中に浮かんだシナリオを片隅へと追いやった。

その時だった。

背後からジャリ、と誰かの足音が聞こえてくる。

それを聞いたアルヴィンの反応は早かった。盗賊集団の生き残り……そう考え、背後を振り向くことなく両手に生み出した氷の短剣を投擲《とうてき》していく。

そして、一気に距離を詰めて敵の武器を破壊するために拳を振るおうと――

「あれ……アル、くん？」

した瞬間だった。

ようやく、アルヴィンの視界に敵の顔が映る。

いや、敵と言うべきか……その顔は酷《ひど》く見慣れていて。というより、姉の顔にそっくりで。

アルヴィンとは違う艶やかな金色の長髪に、翡翠《ひすい》色の瞳。

端麗で美しくもあどけない顔立ちに、甲冑《かっちゅう》越しにでも分かる抜群のプロポーション。見たことしかない。この人は間違いなく自分の姉――セシル・アスタレアだ。

アルヴィンの額に冷や汗が浮かぶ。

「や、やぁ、姉さん……」

ここはなんとしても誤魔化さなければ。

アルヴィンの脳がフル回転を始める。

どうしてここにいるのか分からないけども、盗賊討伐の現場を目撃されたことによって実力がバレてしまう恐れしかないのだからッッッ！！！

「本日はお日柄もよ――」

「す、すぐにお父さん達に知らせないと……ッ！」

「人の話は最後まで聞くんだ姉さんっ！」

慌てて回れ右をするセシルの腕を寸前で摑《つか》めたアルヴィンであった。

「だ、だってあのアルくんが盗賊を倒しちゃうんだよ⁉　お姉ちゃん、やればできる子だって知ってたけど、これを驚かずになんて言うの⁉」

「い、いや……これは僕が来た時から――」

「しかも、油断してなかったはずなのに私の剣が飛ばされちゃった！」

上手《うま》い言い訳を探すんだ、アルヴィン。

さめざめと泣いている暇はないぞ。

「……どうしてここに姉さんがいるの？　今はアカデミーに通ってる時間でしょ？」

「アカデミーの騎士団に所属してるんだよ、私。そんなのお仕事に決まってるじゃん」

「そっか……働き者で偉い姉さんだね……ッ！」

その勤勉さが今では呪わしいと思ったアルヴィンであった。

「それにしても、やっぱりアルくんはできる子だっ！　いっつも遊んでばっかりでちょっと心配だったけど、お姉ちゃんはちゃんと信じてたよ！」

そう言って、セシルは勢いよくアルヴィンに抱き着いた。

いつも非常に抱き着かれ慣れているアルヴィンであったが、今は「頑丈、安心、安全」を売り文句にしている甲冑が硬くて頬がめり込むほど痛く、普通に涙を浮かべた。

「ね、姉さん……？　ちょ、ちょっと痛いから離れて……」

「アルくんがそんな凄《すご》い実力を持っていたなんて！　あ、そういえば……どうして黙ってたの？」

「そ、それは……」

「こんなに強かったら皆も納得してくれるよ――」

自堕落な生活を送りたいだけなんです。

なんて発言は口が裂けても言えなかった。

「お姉ちゃんとの結婚」

口が裂けても本当に言えない。

「こ、こうしちゃいられないんだよ！　今すぐ皆に自慢してこなきゃ！」

「ちょ⁉　姉さん⁉」

いきなり抱き着いてきたかと思えば、セシルは一瞬にして洞窟の外へと向かっていってしまった。

その速さは正に疾風。

可愛《かわ》い弟の制止すら置き去りにしていく。

「姉さぁぁぁぁぁぁぁぁぁぁぁぁぁぁん！！！」

取り残されてしまったアルヴィンは悲劇のヒロインのように膝を突いて届きもしないセシルに手を伸ばした。

そして――

「なんてことだ……ッ！」

アルヴィンは絶望に染まった顔で地面に拳を叩《たた》きつけるのであった。

これからどうなっていくのか？
それが分かるのは、今から半日後のお話である――

公爵家の面汚し

アルヴィンはその日の夕刻、自宅でソワソワしていた。

姉のセシルと違って、アルヴィンはまだアカデミーには通っていない。

といっても、年齢的には今年から。

通いたくない通いたくないいやだやだ本当にやだと泣き喚き散らしたいところではあるが、公爵家という立場上、アカデミーに通わなければ身内に迷惑をかけてしまう。

ただでさえ、今は公爵家の面汚しという悪名で迷惑をかけているのに、これ以上恥を上塗りしてしまえば社交界や貴族世界で家族が生き難《にく》くなる。

流石《さすが》にアルヴィンとてそこまで厚顔無恥ではない。

自堕落な生活を送るための線引きはしっかりと知っているのだ。

――――とはいえ、それは余談。

（さて、姉さんが帰ってきたらなんて言おう……）

あの歩く拡散機のことだ。

早い内に釘《くぎ》を刺しておかないと取り返しのつかないことになる。

約十年も隠し続けてきた己の苦労をこの一件で瓦解《がかい》させるなど許せない。

となれば、どうにかしてセシルに上手いこと勘違いをさせなければ。

（……まぁ、そんなすぐにどうこうはないと思うけど）

きっと、帰ってきて早々に「あの実力は何⁉」と言うのだろう。

そわそわと玄関前をうろつきながらその時の対応を頭の中でシミュレーションする。

そして、ついにガチャリという音を立てて玄関扉が開いた。

「あ、お帰り姉さ――」

そこから姿を現したのは目を腫らして現在進行形で泣いている姉だった。

「ひっぐ……ただいま、アルくん……」

「何があったの？」

流石にこの登場は予想外であった。

「皆がね……」

セシルは傍《はた》から見ても鬱陶しいぐらい明るくていつも笑みを絶やさない太陽のような女の子だ。

そんな彼女が泣いているなど、一体何があったのか？　アルヴィンは思わず心配してしまう。

「何度も言ったのに、アルくんが強いって信じてくれなかったんだよぉー！」

その心配は三秒で捨て去った。

「そりゃそうでしょ。いきなり公爵家の面汚《つらよご》しが『実は強いんですー』って言っても、普通の人は信じてくれないよ」

「ひっぐ……ちゃんと全校集会の時に言ったのに……」

「なんてことを」

歩く拡散機のことを舐《な》めていたアルヴィン。

まさか日を跨《また》ぐ前に行動を起こしてしまったとは。

これでは余計にアカデミーに行きたくなくなってしまった。

「いい、姉さん？　姉さんは重大な勘違いをしているんだ」

アルヴィンは真剣な瞳でセシルの瞳を覗《のぞ》く。

肩を掴み、伝わってほしいという気持ちをありありと浮かべながら。

それが伝わったのか、セシルは目元の涙を拭いながらにっこりと微笑《ほほえ》んだ。

「うん、分かってるよ……アルくん」

「流石は姉さんだ……」

「伊達《だて》にお姉ちゃんはしてないよ。アルくんと過ごした時間は長いんだから」

分かっている。アルヴィンの気持ちを理解したのか、自信のある顔でそう言いきった。

それが嬉《うれ》しくて、ついアルヴィンも心打たれたような感覚に陥ってしまった。

「姉さん……」

アルヴィンは少し誤解をしていたかもしれない――

「挙式は成人を越えてからだよね」

――この人の頭のおかしさを。

「違うね、姉さん。僕が言いたいのはそんなことじゃないんだ」

「そんなこと⁉　アルくんはお姉ちゃんの結婚をそんなことって言った⁉」

「そんなことじゃないんだ」

「二回も言った⁉」

――実はこのセシル・アスタレア。重度のブラコンである。

幼い頃から弟を慕い、過度な愛情を注いできた。

容姿端麗、実力、家格問題なしの優良物件であるにもかかわらず、いい歳《とし》まで婚約相手がいないのは「弟と結婚するから！」という言葉を本気で口にしているからである。

そんな世迷言《よまいごと》を断り文句にしているからか周囲はセシルのブラコンっぷりを知ってしまっていた。

加えて血が繋《つな》がっていないのだから、なまじセシルのブラコンはタチの悪いものとなっている。

とはいえ、今はそんな話などどうでもいい。

「僕はね、姉さんが思っているほど強くないんだ。知っているでしょ？　僕が周囲からなんて言われているかって」

「かっこよくて可愛い素敵な男のｋ――――」

「無能で公爵家の面汚しって言われているんだ」

セシルの言葉を遮り、アルヴィンは言葉を続ける。

「あの時はたまたま洞窟に迷い込んじゃって、たまたま盗賊達が倒れていて、たまたま姉さんの剣を弾《はじ》けただけなんだよ」

「そうなの……？」

「そうなんだ。だから――――」

アルヴィンが言い終わる前にセシルの抜いた剣が首筋に振るわれる。

しかし、アルヴィンはセシルを真《ま》っ直《す》ぐに見つめながら……足で蹴り上げて剣を彼方《かなた》へと飛ばした。

「信じてほしい」

「お姉ちゃん、信じられる要素がなくなったよ」

剣に一瞥《いちべつ》することなく飛ばしたのにもかかわらず、真顔で言いのけるアルヴィンにジト目を向けるセシル。

これでも、セシルはアカデミーの騎士団を腕っ節だけでまとめ上げられる実力がある。

そんな人間の剣を見向きもしないで対処したのだから、流石に発言に無理があった。

「違うんだ、姉さん！　今のはたまたま……そうっ、たまたまなんだ！」

「たまたま足が上に向くって状況も凄いね」

「ちくしょうっ！　弟に剣を向ける姉なんか最低だ……ハッ！」

ヒソヒソ、と。

周囲にいた使用人達がこちらを見て何やら話していた。

そう気づいた頃にはもう遅い――――何せ、無能だと思われていたアルヴィンが無詠唱で魔法を使ったのだから。

「明日、お姉ちゃんと一緒にアカデミーに行って信じてもらうようにしようねっ！」

「違うんだよぉぉぉぉぉぉぉぉぉぉぉぉぉぉぉぉぉぉぉっ！！！」

満面の笑みを浮かべる姉の横で、アルヴィンの叫びが響き渡った。

◆◆◆

アルヴィンの朝は意外にも早い。

その理由は至って単純……二度寝こそ至高だと舐め腐ったことを思っているからだ。

「んんっ……」

アルヴィンはカーテンから零《こぼ》れる日差しによって目を覚ました。

昨日、姉に実力がバレてしまったというのに、相も変わらずいつも通りの日常だ。

外から聞こえる使用人達の声、小鳥の囀《さえず》り、心地のよい陽気、涼しく気持ちのよい風、
そして……腕に伝わる弾力ある柔らかさ。

「ふへへ……アルくぅん……」

ふと、アルヴィンは横を向いた。

美しくも可愛《かわい》らしい顔立ちを緩め切った表情、寝間着から覗くきめ細かな柔肌、大勢の男を魅惑する肢体。

ふむ、これはこれは。

アルヴィンは寝起きの瞼《まぶた》を擦《こす》りながらも、腕に抱き着くその存在に気づく。

とはいえ、いつも通りの光景だ。

さて、もう一回寝ようかな。そう思い、アルヴィンは起こした体をもう一度ベッドへ――

「もう一回寝ちゃうとお姉ちゃんからのチュー……」

「身の危険⁉」

――横たわらずに勢いよく起き上がった。

「おはよー、アルくん……どうして起きちゃうの？」

「越えてはならない一線が越えられそうだったからね……ッ！」

「ぶーぶー」

セシルはゆっくりと体を起こす。

豊満な乳房がポロリしそうになるほどのだらしなさだが、そんなことを気にしている様子もなかった。

その姿に、アルヴィンは少しだけドキッとしてしまう。

――先に言っておくが、アルヴィンとセシルは姉弟だ。

しかし、セシルは公爵家が迎えた養子である。

それが約五年前。

元は公爵家現当主の友人……今は亡《な》き子爵家当主の一人娘で、身寄りのなくなったセシルを引き取ったところから始まっている。

故に、姉弟ではあるが同時に血の繋がらない女と男でもあるのだ。

色々弊害やら問題こそあるものの、少し異性として見てしまうのは男ならば仕方のない部分もあるだろう。

「はぁ……毎回言うけどさ、どうして僕のベッドに潜り込むわけ？　ペット的なポジションでも確立したいの？」

「予行練習、的な……？」

「待つんだ、姉さん！　僕は夫婦になることも寝室が一つになることも何一つとして容認はしていないっ！」

まるで既に決定事項のように言われて、アルヴィンはとにかく否定した。

「ふぁぁっ……なんかアルくんが世迷言を言っているような気がするけど、いっか。とりあえず起きてご飯でも食べちゃおうよ」

「総じた判断を下しても世迷言を言っているのは姉さんの方なのに……」

最近、ちゃんと二度寝できていないなぁ、と。

アルヴィンはため息を吐《つ》きながらベッドから立ち上がった。

「そういえば、なんでアルくんは盗賊なんか倒してたの？　しかも、正式に依頼を受けたお姉ちゃんよりも早く」

「だからたまたま――」

「お姉ちゃんは口元が寂しいです」

「定期的に知り合いから情報を仕入れて討伐しています。流石《さすが》に領民が困るところは見たくありませんので」

反射的に答えてしまったアルヴィン。

ニヤつく姉の姿を見て、唇を噛《か》み締めてしまった。

「へぇ～、じゃあ結構前からなんだね。お姉ちゃんは優しい弟を持って誇らしいぞぅ～！」

「流石にその脅迫キスはシャレにならないって気づいてほしい！」

「じゃあお姉ちゃんの胸でも揉《も》む？」

「…………………ふむ」

「あ、それはいいんだ」

姉であろうとも、血の繋がっていない異性の魅力には家族の垣根を越えた何かがあるようだ。

「アルくんって今年からだよね、アカデミーに通うのは」

セシルはアルヴィンと同じタイミングで立ち上がり、徐《おもむろ》にクローゼットから学生服を取り出した。

「その質問に答える前に、どうして僕のクローゼットに姉さんの制服があるのか聞いても？」

「ふぇっ？　他のお洋服もあるよ？」

「だからなんで姉さんの私服が僕のクローゼットに……ッ！」

「やだなぁ～、いちいち私の部屋に取りに行くの面倒くさいからに決まってるじゃん！」

「やだなぁ～、自分の部屋で寝ろって言ってるんじゃん！」

せっかく公爵家ということもあって大きな部屋なのに、わざわざ一つのクローゼットにしまうのはもったいないというべきか、それとも倫理観を徹底してほしいというべきか。

アルヴィンは笑みを浮かべながらも額に青筋を浮かべた。

「まぁ、今年入学するよ。あと一ヶ月ぐらいしかないけどね」

アカデミーは年度が変わると新たに新入生を募集する。

アルヴィンは次期の新入生で、いよいよ入学が来月と迫っていた。

自堕落生活もあと一ヶ月ではあるのだが、三年通えば一生の自堕落生活が待っている。

それまでの辛抱だと、アルヴィンは辟易《へきえき》しながらも納得はしていた。

「じゃあ、ちょうどいいね～」

「ん？　何が？」

「今日、アルくんは私とアカデミーに行くのです！」

ドヤァ、と。

豊満な胸部を強調しながらセシルがそう言ってのけた。

「はっはっはー、冗談が上手《うま》いなぁ姉さんは」

「昨日は信じてもらえなかったけど、アルくんを連れて行けば皆信じてくれるはず！」

「はっはっはー……ねぇ、冗談なんでしょ？　僕は行かないよ？　目の前に人参《にんじん》を吊《つ》るされても行かないからね⁉」

拳を握って気合いを入れるセシルを見て、アルヴィンの背中に冷や汗が伝った。

ここでそんなことをされてしまえば、アルヴィンの自堕落生活はおあともよろしくなく幕を引いてしまう。

人の口に戸は立てられない。

アカデミーの人間に知られてしまえば、どれだけの速さで広まってしまうのか？　考えただけでも恐ろしかった。

「へぇー……行かないんだぁ」

断固ムリ！　とバッテンマークを手で表しているアルヴィンを見て、セシルは意味深な笑みを浮かべる。

それがなんとも不気味で、アルヴィンは思わずたじろいでしまった。

「な、なんだよ……脅しなんか無駄だからね！　僕は自堕落ライフを満喫したいのに、そんな公言された地雷なんか踏むもんか！」

「んー、別にお姉ちゃんのお願いを聞いてくれなくてもいいんだけど――――」

そして、セシルはしゅるしゅると、肩口の紐《ひも》を解《ほど》いた。

「その代わり、お姉ちゃんと既成事実作っちゃおっか♪」

「アカデミーに行きましょう」

――――というわけで、家庭環境の悪化を阻止するべく、アルヴィンは二つ返事で行くことを決めたのであった。

流石に身内との一夜は色欲よりも理性が勝ってしまうようだ。

◆◆◆

公爵領からアカデミーまでは馬車で片道一時間。

それはアカデミーがある王都が公爵家の領に隣接しているからだ。

貴族、及び多額な入学金を納めた平民が通うアカデミーは本来、寮制度を設けた学園。

しかし、一部貴族や平民は自宅が近くにあるから……などといった理由で通学する生徒もいる。

セシルは、その通学組の中に入っている。理由は「アルくんと離れ離れになるからやだっ！」とのこと。

「ふふっ、これって学園デートってやつかな、アルくん？」

「……首根っこ摑《つか》まれて引き摺《ず》られながらアカデミーに通う構図が仲睦《むつ》まじく見えるんだったら、世界って平和だよね」

朝早く起き、速攻でご飯を食べて速攻で身支度を済ませた二人は一時間ほど馬車に揺られてアカデミーへとやって来ていた。

大きく聳《そび》え立つ校門、遠い先からもその大きさが分かる校舎、入り口付近一帯に花が咲き誇る花壇。

流石は、各地から貴族が集まる王国一のアカデミーというべきか。そのスケールには目を見張るものがあった。

とはいえ、アルヴィンは面汚《つらよご》しと呼ばれながらも立派な王家に次ぐ公爵家。スケールの大きさは見慣れているため、ただただ首根っこを掴まれて引き摺られるままアカデミーへと入っていった。

「僕が入っちゃってもいいの？　これから入学するけど、まだ生徒じゃないよ？」

「入学前だからいいんじゃない？　それにほら、公爵家だし？　使えるものはじゃんじゃん使っていこー！」

つまりは貴族の肩書乱用ということである。

いいのかな？　とも思いつつも、回れ右させないように掴まれている首根っこがその疑問を無意味なものとさせていた。

「っていうか、僕がアカデミーに来たところで何をするのさ……姉さんが授業を受けている間は、僕は寂しい寂しいボッチちゃんになっちゃうよ」

「大丈夫！　今から私達は授業が始まる前の訓練があるから！　授業は受けないのでボッチ回避！」

そう言われてみれば、先程から通学してくる生徒が見当たらない。

朝も早いし、まだ通学する生徒はいないのだろう。セシルのような、アカデミー直属の騎士団メンバーが早朝訓練に来るぐらいのものなのだから当たり前なのかもしれない。

「……それで、一体僕に何をさせようっていうの？　言っておくけど、僕は誰がなんと言おうとも実力を晒《さら》したりしないからね」

「あ、もう誤魔化すのやめたんだ」

「姉さんに対してはもう手遅れだと思うし、諦めたよ」

だが、自堕落ライフを諦めたわけではない。

そのためには、セシルがさせようとしている名誉挽回《おとうとじまん》をなんとか乗り切る必要がある。

優雅な睡眠、適度な娯楽、美味《おい》しい食事。これだけをしていきたい。

無為な労働なんてクソ食らえ。馬鹿にされても結構。それほどまでに自堕落ライフは魅力的なのだ。

「むぅ……お姉ちゃん的にはアルくんには頑張ってもらいたいなぁ。馬鹿にされたままなんて、生き難《にく》いよ？　しかも、アルくんはとっても騎士団向きだと思うの！」

「どうして？」

「だって、誰にも認められないのに悪者を倒してきたんでしょ？」

「………………」

「それはアルくんが優しいからで、困っている人を助けたい気持ちがあるからじゃないかなぁ～？」

アルヴィンがあの洞窟で盗賊を倒していたのは『困っている誰かを助けたかった』ため。

あの時の口ぶりからして、アルヴィンは偶然居合わせるまでずっと続けてきたのだろうとセシルは思っている。

誰にも褒められないのに人を救い続けるのは偉いことだ。それは純粋にセシルは賞賛している。

ならばいっそのこと、周囲からも認められて誰かを助けられる騎士団に入った方がいい。

セシルは愛《いと》しい弟を見ながら純粋な願望を投げた。

「分かってないね、姉さんは。行動と願望が必ずしもイコールになるっていうのは短絡的思考だよ。作者の気持ちを答えなさいっていう問題文と同じで、明確な答えなんて客観的には分からないものなんだ」

「じゃあ、アルくんはなんで嫌なの？　お姉ちゃん、これでも副団長だから口添えできるよ？」

「僕は自堕落な生活を送り――」

「『たい』って言ったら、このまま唇を塞ぎます」

「――たくはないけど、色々と事情があるんですよねェッ！」

正直な気持ちを口にさせてもらえないアルヴィンは歯軋《はぎし》りをする。

「姉さん……僕がなんで嫌なのか分かってるでしょ？」

「ふふんっ！　これでも伊達《だて》にアルくんのお姉ちゃんをしていないのですどやぁ！　っていうか言ってたしどやぁ！」

「くそぅ……自分の姉の可愛《かわい》さがそこはかとなく腹立たしいっ！」

豊満な胸部をこれでもかと強調してみせるセシル。

その動作が子供っぽく可愛らしいのだから中々憎ませてくれない。それが腹が立つ要因であった。

「いい、アルくん……これはアルくんのためでもあるんだよ」

「ほほう？」

まさか弟を我が物にしたいとしか考えていなそうな姉が弟のことを考えていたとは。アルヴィンは少し興味を持った。

「アルくんは凄《すご》いです。氷魔法を無詠唱、私の剣を二度も弾《はじ》き飛ばせるほどの戦闘能力もあります」

「うんうん」

「きっと、周囲もアルくんの実力を知れば評価を改めて、アルくんを認めてくれるでしょう」

「うんうん」

「そしたらアルくんは堂々とお姉ちゃんと結婚ができます」

「僕は断固として実力を見せないことを決めたよ」

「どうして⁉」

アルヴィンの意志は固いものとなった。

「やだやだっ！　お姉ちゃんは自慢したいー！」

「ようやく本性を現したなそれが貴様の本音か！」

「っていうか、自堕落な生活なんて間違ってるよ！　将来は家督を継ぐんだから真面目ちゃんにならないとダメなんですぅー！」

「正論をかざすなんて卑怯《ひきょう》だよ⁉」

「卑怯じゃなくて事実だからね⁉　それに、お姉ちゃんはせっかくアルくんが凄い子なんて知ったんだから皆にも知ってほしいのー！」

あーだこーだ。

そんな姉弟の仲睦まじいやり取りが校門で響き渡る。

そして、その喧噪《けんそう》が聞こえなくなったのはセシルがアルヴィンの首根っこを掴んだまま足を進めた時であった。

セシルに引き摺られるがまま先を進んでいたアルヴィンは、何やら訓練場のような場所へと連れてこられた。

ドーム状の開けた空間。中には五百人ほど入れそうな客席が外周に沿ってあり、その中心では体操着姿で黙々と剣を振る生徒の姿が散見される。

セシルはそんな集団の方へとまたしてもアルヴィンを引き摺りながら進んでいった。

「やっほー！」

セシルが声をかけて手を振る。

すると、生徒達は手を止めて一斉に頭を下げた。

『『『『お疲れ様です、副団長！！！！』』』』

学生なのに随分統率されているな、と。

アルヴィンはそんな面々を見て少し意外に思う。

アカデミーにある騎士団は言わば将来騎士を目指す人間が経験を積むために形成された組織だ。

王家直属の騎士団や領地で働く騎士団ほどではないが、しっかりと街や国から依頼も来るし、ちょっとしたイベントに参加することだってある。

アカデミーの騎士団に入っていれば将来別の騎士団に入る際有利になるため、今から進路を決めている者は必ずと言っていいほどアカデミーの騎士団に所属する。

とはいえ、ここに所属しているだけでは騎士という部類には入らない。立場的には騎士見習いといったところか。

セシルも、将来は父と同じ騎士団に所属するつもりだ。

恐らく、この場にいる者も将来は騎士になるのだろう。

「うん、お疲れぇ～！　皆、今日も朝から偉いねぇ～」

『そ、そんなことないっすよ』

『へへっ……副団長に褒められるなんて朝からついてるぜ』

『こりゃ、俺が一番好感度上がったな』

ただまぁ、過分な下心は歳《とし》相応だなとも思った。

『それにしても副団長、その男は一体……？』

「ふふんっ！　よくぞ聞いてくれました――この子は私の弟《ボーイフレンド》です！」

「待って、姉さん。今変なルビが入った」

これでは勘違いされてしまうではないか。

今の一連のやり取りを見るだけで、この騎士見習い達が自分の姉に好意を寄せているのだと分かる。

そんな誤解をされてしまえば出合い頭に好感度が下がってしまうだろう。

ここは早急に誤解を解かなければ。

アルヴィンは立ち上がって自己紹介をするために襟首を整えた。

「初めまして、セシルの弟の――」

『あ？　弟だァ？』

『ぶち殺されてぇのか、あァ？』

『ちょっと新しい剣を新調したからさ、試し斬りさせてくれや』

「弟にする反応じゃないよね⁉」

好感度を上げるどころか著しく下げてしまったアルヴィンであった。

『ってことは、こいつが公爵家の面汚《つらよご》し……』

『副団長が想《おも》いを寄せている血の繫《つな》がっていない無能……』

『今ここでこいつを始末すれば副団長は……』

「姉さん、今すぐにここを出よう。弟の身が嫉妬に狂った野郎の餌食《えじき》にされちゃう」

「ふぇっ？」

あの刺殺でもせん勢いで睨《にら》んでくる視線に気づかないのか？

セシルは可愛らしく首を傾《かし》げるだけだった。

『それで、副団長。どうしてこのクソや……弟殿を連れてきたのですか？』

一人称をクソ野郎にするほど好感度が下がったのかと、アルヴィンは頬を引き攣《つ》らせる。

どうやら、過剰に弟を好いている姉のことは周知されているらしい。

「うんっ！　昨日は皆アルくんの凄さを信じてくれなかったからね、今日はアルくんの凄さを見せつけようと思いました！」

『『『『へぇー』』』』

「それで、皆の意見を聞かずに騎士団に入らせようとも思いました！」

『『『『ほぉーん』』』』

今すぐにでも鼻をほじってしまいそうなほどどうでもいい、信じられないと言わんばかりの騎士見習い達。

信じてもらえないと分かってはいて信じてほしくないと願ってはいるが、なんとも腹立たしい野郎共だなと思った。

「ちょっと待ってください！」

そんな時、ふと騎士見習い達の間を縫って一人の男がやって来た。

他の人間よりも少し背が高く、端整な顔立ちと短く切り揃《そろ》えた金髪が異様に目立つ。

「……誰？」

「ん？　私と同じ副団長のルイスくん。侯爵家のご子息さんだよ」

「イケメンでむかつくね」

「大丈夫、アルくんの方がかっこいいから！　比べたら可哀想《かわいそう》だよ！」

ヒソヒソと耳打ちを始める二人。

なんだかんだ言いながらも、とても仲がよろしい。

「どうしたの、ルイスくん？　なんか顔が怖いよ？」

「きっとお疲れなんだよ、姉さん。こういう時はスルーするのが女性のマナーだ」

「ふぇっ？　なんでお疲れなの？」

「男が朝疲れているっていったらアレしかないじゃん。ここは道端でこけた人を見るような嘲笑を向けてやるべきだと同じ男として進言するよ」

アルヴィンがそう言うが、セシルは首を傾げる。

複雑な男の事情は、まだ可愛らしいレディーには早かったようだ。

「俺は認めません、そんな男を神聖なる騎士団に入れるなど！」

ルイスは人混みを掻《か》き分けたあと、アルヴィン達の前へと立つ。

「えー……ダメ？」

「ダメです！　こいつは公爵家の面汚し……あなた様の名前を傷つけている張本人で

す！」

アルヴィンを睨むルイス。

コメディが入っていない分、この人が一番好感度低いな。

特に怯《おび》えたりはしないが、アルヴィンは辟易《へきえき》とした。

（おかしい、僕の方が血筋的には公爵家なのに）

これが日頃の行いのせいというものか。

アルヴィンは特に気にした様子もなく二人のやり取りを見守った。

「まぁ、私が勝手に連れて来て勝手に言ったことだけどさぁ……ルイスくん、私の目の前でよくもまぁアルくんの悪口を言えたね？」

横で見ていたアルヴィンは心の中で「ご愁傷様」と思った。

整った顔立ちに笑みを作っているが、瞳が面白いほど笑っていない。

血の繋がっていない弟であっても、傍《はた》から様子を見守っている騎士見習い達でさえも理解できた。

――――セシルがかなり怒っているのだと。

ルイスもそれは感じ取ったようで、一瞬足を後ろに引いてたじろいだ。

だが、それでも負けじと言葉を続ける。

「ですが、この男はダメです！　脆弱《ぜいじゃく》で遊んでばかりのクズが騎士団に入れば他に迷惑をかけます！」

「言っておくけど、アルくんは強いよ？　それに、誰よりも優しい。私はアルくん以上に騎士団に向いている人はいないと思うなぁ」

「……昨日も思いましたが、あなたは弟のこととなるとおかしなことを口にしますね」

むっ、と。セシルの口が尖《とが》る。

それが好機に見えたのか、ここぞとばかりにルイスは言葉を捲《まく》し立てた。

しかし、その直後だった。

「ついにあなたの目は腐ってしまいましたか⁉　いくら腕っ節があるとはいえ、そのような阿呆《あほう》に――」

ルイスの体が壁の方へと吹き飛んでいった。

「ばべるごふちゃえ⁉」

大きな土煙と激しい衝撃音が訓練場に響き渡る。

騎士見習い達やセシルが思わず呆《ほう》けてしまうが、視線は吹き飛んだ方よりもルイスが立っている場所へと注がれた。

そして、そこへ代わるように立っていたのは――

「僕の目の前で姉さんを馬鹿にすんじゃねぇよ、ナメてんのか？」

振り抜いた足を下ろしている、公爵家の面汚しと呼ばれている少年。

アルヴィンは魔法士だ。

それは元魔法士団副団長の母親からの血を引いているからか、己に氷属性の魔法の才能があったためである。

しかし、純粋な努力のみで家柄に恥じない実力をつけたセシルとは違い、アルヴィンは純粋な血筋。

父親は現在進行形で王国騎士団の団長を務めており、立派にその才能も受け継いでいた。

才能が受け継がれることなど滅多にない。

遺伝だからといって、本人の才能が息子に影響を与えるなど非科学的で根拠に欠ける。

それでも、アルヴィンという少年は奇跡的にも両方の才能を受け継いでしまったのだ。

公爵家の面汚しなど、無能などといった言葉など似合わない。

恐らく、アスタレア公爵家の歴代の中でも最も実力を持った男だろう。

——そんな一面を、騎士団の面々は目撃してしまう。

今、この場にいるアカデミー直属の騎士団の中で最も実力があるのは副団長であるセシルだ。

家督も養子とはいえ申し分がない。そのために選ばれたのだが、ルイスも同じ立場としてそれなりに実力を持っている。

そんな人間を、たった一蹴りで吹き飛ばした。

それも、本人や周囲が行動を起こす間もない速さで。

「ふぅ……」

周囲の視線を一身に受けるアルヴィン。

彼は、小さく息を吐くと皆に向かってこう言ったのであった――

「な、なんてことだ⁉　あのイケメンがいきなり吹き飛んでしまった⁉」

「アルくん、お姉ちゃん的にそれは無理があると思います」

わざとらしく誤魔化そうとするアルヴィンに、セシルはジト目を向ける。

だが、それも少しだけ。すぐさま花の咲くような笑みを浮かべると、アルヴィンへと思い切り抱き着いた。

「流石《さすが》、アルくんだ！　ルイスくん、強いはずなのに一発ＫＯ！　視聴者も口をあんぐり開ける一幕だったよ！」

「だから今のは突然あの男が吹き飛んだだけ……って、姉さん公衆の面前で抱き着かないで⁉　やわっこくてちょっと嬉《うれ》し恥ずかしいっ！」

「お姉ちゃんのために怒ってくれたんでしょ？　むふー、ついにお姉ちゃんはお姫様ポジをこの歳《とし》で味わったわけでして！」

「誰かー！　この脳内お花畑に除草剤撒《ま》いてくれませんかー！　身内に白馬の王子様はいないって現実と人の話を聞くってことを教えてあげてー！」

やんやややんや。ハートでピンクなオーラを醸《かも》し出しながら抱き着くセシルと、意外と満更でもなさそうなアルヴィン。

……まぁ、腹立たしい。

腹立たしくはあるが、それでも凄《すご》いと思ってしまったのは本当。

故に、周囲にいた騎士見習い達は一斉に賞賛を浴びせた。

『すげぇじゃねぇか、ブサイク！』

『公爵家の面汚しって言って悪かったな、クズ！』

『流石は副団長が褒めるだけはあるぜ、カス！』

「姉さん離して！　今すぐこいつらに実力の差と家柄の恐ろしさと現実を味わわせなきゃいけないからッッッ！！！」

実力を見せてしまったことなどどうでもいい。

褒めてくれている騎士見習い達のためにもう一度実力をお見せしなければ肉体にッッッ！！！

「というわけで、アルくんおめでとうっ！　皆も褒めてくれたし、これで立派な騎士団の仲間入り――――」

『ぎゃぁー！　体が冷てぇ！』

『こいつ、魔法士だったのか⁉』

『だがしかし、ここで公爵家の面汚《つらよご》しを潰せば副団長は呪いから解放された白雪姫！』

『副団長との結婚は俺達のもの！』

『『『かかってこいやァアァアァアァ！！！』』』

「やれるもんならやってみろ！　てめぇらに敬意と威厳と現実を教えてやらァアァアァアァアァアァアァアァ！！！」

「もうっ、聞いてよアルくんっ！」

騎士見習いの人間も大概だが、アルヴィンもアルヴィンで大概だった。

セシルが頬を膨らませる中、騎士見習い達とアルヴィンの激しい戦闘が繰り広げられる。

アルヴィンはもはや実力を隠そうともしなかった。というより、一度見せてしまった以上開き直ったというべきか。

陰口は慣れているが、こうも堂々と馬鹿にされてしまうと腹が立ってしまいますとのちのインタビューで語ったアルヴィンは、襲いかかってくる騎士見習い達に躾《しつけ》を始めていた。

「……まぁ、なんだかんだ仲良くなれそうでよかったんだけどさぁ」

それがちょっぴり寂しくて、セシルは拗《す》ねたように近くの小石を蹴り上げた。

とはいえ、そんな状況もものの数十分で終わり。

ようやく上下関係を学んだ騎士見習い達は、アルヴィンの前で正座をしていた。

「君達、もうバレてしまったから仕方ないけど、今後僕の実力を誰かに言ったら頬が腫れるまで殴り続けるか裸に剝《む》いた状態で氷のオブジェにします。いいですね？」

『『『『うっす、アルヴィンさん』』』』

「お姉ちゃん、嫉妬しちゃったけど仲良くしてくれそうでよかったよー！」

セシルが仲良くなったアルヴィン達を見て笑みを浮かべる。

「ただここにいる人間が変わってるからだと……多分、あそこで伸びてるイケメンが普通枠だと思うよ？」

「あちゃー……まだ伸びてる」

「起こさなくていいの？」

「起きたらまたアルくんの悪口を言いそうだからヤダ」

アルヴィンが吹き飛ばした男は未《いま》だに起き上がる様子もない。

だが、それでも起こしに行こうとしないのはセシルの中で彼の好感度が低いからだろう。

「ふふっ、でもお姉ちゃんは嬉しいなぁ～！　騎士団の皆がアルくんを認めてくれた！

お姉ちゃんは今絶賛鼻が高いです！」

「でも入りません」

「どうして!?」

「嫌だよ、僕は訓練とか面倒臭いって思う派の人間だし、帰って寝たいし」

確かに、ここにいる面子《メンツ》は嫌いではない。

陰口を言われるのに慣れているとはいえ、いい気分かと言われれば首を傾《かし》げる。

だったら真面目になれば？　そう言われるかもしれないが、それはそれ。自堕落ライフの魅力の方が勝る。

ここにいる面子は素直であけすけだ。そっちの方が好ましい。

しかし、その代償が時間の浪費と実力が広まってしまうという危険性なら首を横に振る。

アルヴィンは正座をする騎士団見習いの男達に見守られながらセシルにバッテンマークを見せた。

「えー！　やだやだ、アルくんが騎士団に入らないなんてやだっ！」

「って言われても、僕の意志は鋼のように固いです」

むぅ、と頬を膨らませるセシル。

すると、大きくため息を吐《つ》いて渋々といった様子でアルヴィンの肩に手を置いた。

「仕方ない……お姉ちゃんだってこの手だけは使いたくなかったけど」

「お、おぅ……？　やるの、やんの⁉　また家庭内崩壊を誘発する身の危険で脅迫するの⁉　言っておくけど、こればっかりはぜった――」

「お父さん達に言いつけます」

「今日からお世話になります」

即答であった。

「っていうわけで、入学したらアルくんをよろしくねぇ～！」

『よろしくな、アルヴィンさん！』

『強い男は大歓迎だぜ！』

『一緒に地獄を味わおう！』

「くそぅ……この熱烈な歓迎が目に染《し》みる！」

両親に知られてしまえば何が起こるか分からない。

強制的に入団を決めさせせられたアルヴィンは瞳に涙を浮かべるのであった。

『しかしアルヴィンさん。どうしてそんなに入りたくねぇんだ？』

「いや、僕は普通にぐーたらした生活が好きなんだよ……」

『けど、うちに入れば可愛《かわ》い子ちゃんに会えるぜ？』

「………………………………………………………………ほほう？」

「アルくん、あとでお姉ちゃんとお話があります」

◆◆◆

『はぁ……もういいでしょ？　僕、もう帰るからね』

『ふぇっ？　馬車ないけど歩いて帰るの？』

『え？』

『え？』

なんてやり取りがあったそのあと。

セシル達は授業が始まってしまうとのことで校舎の中へと行ってしまった。

取り残されたアルヴィン。流石に生徒でもないアルヴィンが授業など受けられるはずもない。

無理にでも公爵家の顔を使えばなんとかいけないこともないのだろうが、そこまでして授業を受けたいかと言われてしまえば首を横に振る。

かといって、歩いて帰るには距離がありすぎるため途方に暮れてしまった。

誰が好き好んで片道徒歩数時間の距離を歩かなければいけないのか？　色々ブラコンな姉のせいで疲れてしまったアルヴィンにその気力はなかった。

故に、アルヴィンは仕方なく敷地《しきち》内の庭で時間を潰そうと考えた。

「……ここならいいかなぁ」

ふかふかの芝生に、いい感じに木漏れ日が射《さ》す一本の木の下。

ここで寝たら気持ちよさそうだ。二度寝も邪魔されてしまったし、人の通りそうにない場所なので時間を潰すのにはちょうどいいかもしれない。

アルヴィンは横になる。

心地よいそよ風が肌を撫《な》で、横になっただけで眠気が襲い掛かってくる。

「ふぁぁ……日が沈むぐらいになったら姉さんが探しに来てくれるでしょ」

どこまでいっても他力本願。

とはいえ、あの姉が自分を放置するとは思えない。

帰りの馬車が来るまで時間がある。ここで一人勝手に帰ってしまうよりかはいいだろう。

そんなことを思いながら、アルヴィンは意識を微睡《まどろ》みへと沈め——次に目を覚ましたのは、意外にも早い二時間後のことだった。

「……んあぁっ？」

瞼《まぶた》をこすり、ゆっくりと目を開ける。

まだ外は明るい。日が沈んだ様子も太陽の位置が極端に変わった様子もない。

だけど、寝始めた時よりもどこか騒がしい。恐らく、アカデミーの生徒が休憩かもしくは移動教室が始まったからだろう。

そのせいで起きちゃったのかな？　と、二度寝常習犯のアルヴィンは自分の眠りの浅さに少し疑問を覚えていた。

その時——

「あら、起きたの？」

ふと、頭上から声が聞こえてくる。

そういえばさっきから頭に伝わる感触がどことなく柔らかい。

アルヴィンは気になって重たい瞼をしっかり開けて頭上の方へと視線を向ける。

すると、そこにあるのは美しくもあどけない顔立ちを見せる紅蓮《ぐれん》色の瞳を向けていた少女の姿。炎髪がそよ風によって靡《なび》き、視線が思わず惹《ひ》き付けられてしまう。

誰？　なんて思うことはなかった。

何せ――

「……どうして君がここにいるのさ？」

「私もここのアカデミーに通っているからに決まってるでしょ？」

「……情報屋でもアカデミーに通ったりするんだね」

レイラ・カーマイン。

アルヴィンがよくお世話になっている情報屋……公爵家の状態や不穏因子の存在を教えてくれる人間であり、かつて盗賊団の居場所を教えてくれた張本人でもある。

レイラとの付き合いは意外と長い。

それこそ、アルヴィンが十歳を越えてからの付き合いになるのだろうか？　ひょんなイベントの末に生まれた関係値。

偶然……そう、偶然アルヴィンがレイラを助けた時からの付き合いだ。

そしてアルヴィンの実力を知る、唯一の人間だった女の子である。

「情報屋って言っているけど、私はただ手に入った情報を流しているだけでそれを商売に

しているわけじゃないわよ？」

「でも、僕からはお金受け取ってるじゃん」

「あなたが『タダでもらうのは申し訳ない』って言ったからじゃない。人をがめつい女みたいに言わないでくれる？」

「ごめんごめん、そういえばそうだった」

それで、と。

アルヴィンは気になっていたことをレイラに尋ねる。

「これはどういう状況？　美少女からの膝枕にいくら払えばいい？」

「特別サービスで無料にしてあげるわ。あなたを見かけたから勝手に私がしたことだもの」

「ご馳走《ちそう》様です」

「ふふっ、お粗末様」

レイラは小さく上品に笑う。

その姿を見て「レイラって貴族だったんだなぁ」と今更ながらに思ったアルヴィン。

一応、成り行きで知り合った関係から始まったので素性は聞かないようにしていた。

だが、こうして貴族が多く集まるアカデミーに通っているということはそうなのだろう。

「あなたはどうしてここにいるの？　入学するのはもう少し先だと思っていたのだけれど……」

「姉さんに僕の実力がバレた」

「ってことは、弟自慢で無理矢理連れてこられたってところかしら？」

「察しがいいね、相変わらず。姉さんに少しだけでも分けてあげたいぐらいだよ」

「セシル様のことはアカデミーでよく話題になるもの。あんなに弟好きになる貴族の令嬢は珍しいわ。それに、この前全校集会でもそんなこと言ってたし」

なんだろう、余計にアカデミーに入りたくなくなった。

アルヴィンは辟易《へきえき》としていた気持ちが強くなってしまう。

「それで、あなたはどうする？　もう少し寝ておく？」

「ん？　僕はそのつもりだけど……」

「じゃあ、あなたが起きるまでこうしていてあげるわ」

「授業は受けなくてもいいの？　レイラって意外と僕と同じでサボり魔？」

「そういうわけじゃないわよ？　いつもはちゃんと授業を受けているわ」

ただ、と。

レイラは悪戯《いたずら》めいた笑みを浮かべた。

「あなたに膝枕をしてあげる機会にはそうそう巡り合えそうにないもの。せっかくなら、寝顔を拝見して楽しんでおくわ」

「……物好きめ」

まぁ、いっか。アルヴィンは別に見られても困るものではないと、すぐさまもう一度目を閉じた。

するとそのあと、もう一度微睡みに戻る前――

「おやすみなさい、アルヴィン」

そんな声が聞こえてきた。

◆◆◆

当たり前の話だが、二度寝より三度寝の方が眠りは浅い。

そのため、せっかく快適な枕をいただいた自堕落ご所望なアルヴィンでもすぐに目が覚めてしまった。

「ふふっ、あなたの寝顔……可愛《かわい》かったわよ」

「やだっ、あとあと冷静に考えたら恥ずかしいっ！」

身内にはしょっちゅう見られているとはいえ、他人に寝顔を見られることが恥ずかしいものだと今更思い出したアルヴィンは赤面する。

――現在、アルヴィンはレイラの横を歩きながら校舎の中を探索していた。

なんでも、どうせ入るのならアカデミーを見ておいた方がいいんじゃないかとのこと。

アルヴィンはアカデミーから出て王都で遊ぼうかなと思っていたが、流石《さすが》に親しい知人と会ったのに余所《よそ》へ行くといった失礼に抵抗があったため、その提案を了承した。

とはいえ、さして興味もなかったので普通に会話して歩いているだけではある。

「そういえば、レイラって何年生なの？」

「何年生に見える？」

「……そんな男を試すような質問で返さないでくれる？　上しか選択肢がないのは分かってるじゃん」

「正解は二年生♪」

「……さてはレイラ、まともな問答をしたことがないだろう？」

答えさせたいのか答えさせたくないのか。

どっちかハッキリしてほしいと思ったアルヴィンであった。

「そんなつれないこと言わなくてもいいじゃない。せっかく久しぶりに会えたというのに」

「ははーん、さては記憶力も欠如しているね？　盗賊の件で一昨日会ったばかりだっていうのにカルシウムが足りてないぜベイベ――」

その時。

ポキャ、と。肩の骨が外れるような音が聞こえてきた。

「……なんか反応できない速さで僕の肩が可哀想《かわいそう》なぐらい綺麗《きれい》に外されたんだけど」

「乙女に失礼なことを言うからよ」

「僕の身近にまともな乙女はいないのか……ッ！」

犯人レイラを睨《にら》みつけながら、アルヴィンは外れた肩をはめ戻していく。

手馴《てな》れている感じが、彼の脱臼頻度を表しているようだった。

そして、目にも留まらぬ速さで肩を外してみせたレイラも、経験度合いがしっかりと窺《うかが》える。

「まぁ、これからは嫌でも会うでしょうし、今日はここら辺で勘弁してあげるわ。次からはレディーに失礼なことは言わないようにね？」

「ん？　あぁ、アカデミーで会うもんね」

確かに、同じアカデミーに通っていれば嫌でも会うことはあるだろう。

情報提供者として付き合っていた時は、わざわざ報《しら》せを受けて待ち合わせ場所に赴くぐらいだったので、報せがなければ会うこともなかったのだから。

「それもあるけど……私、こう見えても騎士団に所属しているのよ」

「あ、なるほど」

「なるほど？」

「騎士団の野郎共の言っていたことなんだけどね」

騎士団に入れば可愛い子に会える。

てっきり、依頼先で出会う女の子は可愛い子ばかりだから——という理由で言っていたのかと思っていたが、そもそも面子《メンツ》に可愛い子がいるという意味だとは思わなかった。

だからあんなことを言っていたのかと、アルヴィンは納得する。

「もしかして、レイラ以外に女の子って他にもいるの？」

なんだろう、ちょっとやる気が出てきた。

公爵家の面汚《つらよご》しとして社交界では令嬢達に敬遠されてきたからか、アルヴィンには女の子との接点はほとんどない。

可愛い子と言われて興味を示してしまうのも無理はないだろう。

依頼先で出会うよりも所属している仲間ならよく顔を合わせるし、目の保養機会が多いのでアルヴィン的には嬉《うれ》しいのだ。

「いるにはいるけど……」

「おぉ！」

「あなたのお姉さんよ？」

「チッ」

一気にやる気が下がったアルヴィンであった。

「仕方ないじゃない。元は騎士なんて男がなるような職だし、セシル様や私みたいな令嬢がなるのが珍しいのよ。実はもう一人いるんだけど、その人は狙って落とせる人じゃないわ」

「……僕は憂鬱になったよ。むさ苦しい野郎共の中に咲く花が薔薇《ばら》だったなんて」

「あら、褒めてくれてるの？」

可愛いのは認めるが棘《とげ》があるんだ、と。

そう思っての発言だったが、これ以上口に出せばもう一度肩をはめ直す必要が出てしまうので口を閉じた。

美少女なのは言わずもがなではあるが、どうしても知人となると期待値が下がってしまうのがアルヴィンのお心である。

「姉さんは分かるんだけど、なんでレイラも騎士団に入ってるの？　結婚相手でも探しに？」

「絵に描いたようなハーレムなんて望んでないわよ。私の家が単純に騎士家系ってだけ。言っておくけど、爵位は子爵よ」

「へぇー」

「それに――――」

レイラはアルヴィンの体に少し擦り寄る。

そして、耳元で小さく口にするのであった。

「私には添い遂げたいお相手がいるもの」

アルヴィンはその言葉を聞いて、真剣な顔つきになった。

どうしてレイラが耳元で言ってきたのか？　更に、どうして頬がほんのり染まっているのか……その理由が分かったからである。

だからこそ、アルヴィンはレイラの肩を摑《つか》んで真《ま》っ直《す》ぐに紅蓮《ぐれん》色の瞳を覗《のぞ》き込んだ。

「ちょ、ぇっ……？」

「そっか、そういうことだったんだね」

「そ、そういうことって……？」

「今まで気づいてあげられなくて、ごめん……」

いきなりどうして肩を掴んできたのか？

でも、それよりも。何かを察してくれたアルヴィンにレイラは思わず戸惑ってしまう。

「せっかく勇気を振り絞って言ってくれたんだ」

「……っ！」

「だったら、僕も真剣に答えるよ」

そして——

「その人との恋を僕は全力で応援しぶべらっ⁉」

思い切り頬を引っぱたいた。

「痛いっ！　親にぶたれたことはあるけども普通に痛いっ！」

「もう一回、いってみましょうか？」

「どうして⁉　僕はいつもお世話になっているレイラのお役に立とうとぶべらっ⁉」

二発目の乾いた音が響き渡る。

公爵家の令息に対してなんてことを。そう思うかもしれないが、アルヴィンは元よりレイラに対しては何事も普通の女の子として接している。

仲のいい証拠だろう。ただ今だけは、その接する態度が恨めしいと思った。

「はぁ……まぁ、あなたが愚鈍なのは今に始まったことじゃないし、そもそも家柄的にも色々問題もあるわけだし、これぐらいで許してあげるわ」

「……ありがとう。公爵家の人間によく容赦なく平手打ちができるよねって賞賛してあげたいけどありがとう」

特に原因も分からない愚鈍なアルヴィンは頬を擦《さす》りながらお礼を言った。

乙女の心を踏みにじった罰としては軽い方だろう。

――その時、不意に校舎全体に鐘のような音が聞こえてきた。

「あら、もう授業が終わったみたいね」

「そ、そうっすね……なら、僕はそろそろお暇《いとま》しようかな。公爵家の面汚しがここにいってなったら騒ぎになりそうだというか肩身の狭い思いをしそうだし」

「あなたはそういうの気にしないタイプだと思っていたのだけれど？」

「僕だけだったらね。今はレイラもいるし、君に不快な思いをさせるわけにはいかないよ」

別に気にしなくてもいいのに、と。

レイラは頬を膨らませる。

だがその小さな優しさが嬉しかったのか、少しだけ口元が緩んでいた。

「っていうわけで、僕はここら辺で失礼――」

そう言いかけた瞬間、ふとアルヴィンの肩が叩《たた》かれる。

一体誰なのか？　僕に声をかけようとする人なんて珍しいな……そんなことを思いながら振り返る。

ちなみに、アルヴィンはのちにこの時のことでこう語っていた――

「ねぇ、アルくん……どうして、私以外の女の子と一緒にいるの……？」

そこには、目からハイライトが消えた少女が立っていたんだよ。ええ、とても怖い姉さんが。

「はっはっはー！　奇遇だね姉さんこんなところでばったり出くわすなんてさらばっ！」

アルヴィンは反射といってもいいスピードで廊下……ではなく、窓から身を投げ出してその場から急いで離れた。

ここは校舎の三階。そんなことも気にせず。

だが、それを気にしないのはこの人も同じであった。

「むっ！　逃がさないんだよ！」

背後に現れた姉もあとを追うように窓から飛び出していった。

そんな異様な光景に、授業が終わって姿を見せた生徒達がざわめき驚きを見せる。

一方で、アルヴィンのことをよく知っているレイラは――

「なにやってんだか……」

思わず額に手を当てるのであった。

ちなみに、公爵家のご令嬢が窓から飛び降りてご乱心なされた。なんて噂《うわさ》が広まったのは余談である。

アカデミー入学

なんだかんだ時が流れるのは早いもので、あっという間に一ヶ月が経《た》ってしまった。

一ヶ月といえば、ついにアルヴィンがアカデミーに通う時期。

その当日を迎えてしまった公爵家は、朝から大忙しだ。

アルヴィンの入学準備に、いつもとは違う時間帯での食事、寝ぼける坊《ぼ》っちゃまを叩き起こして外へ出させるなどなど。

ただ、準備はいい。使用人達が情けないご主人様の代わりに朝早く起きればいいのだから。

しかし、自堕落な坊っちゃまを起こすことの方が至難である。

何せ、相手は公爵家の息子であり、面汚しだと言われても平気で開き直っている少年。

二度寝なんて当たり前、下手に起こして癇癪《かんしゃく》でも起こされてしまえば自分の首が飛びかねない。

そんな時、養子で皆からの信頼も厚い姉が使用人達に一つ提案した。

こんな方法があるんだけど、と――

「んむぅ……」

アルヴィンの瞼《まぶた》がゆっくりと開かれる。二度目の目覚めだ。

今日もなんて清々《すがすが》しい朝なんだろう。入学式なんてかったるいものがあるけど、ばっくれればいつも通りの朝だ。

瞼に襲い掛かる陽射《ひざ》し、見慣れぬ天井、移り変わる景色、先程から硬い感触にやられる背中、ガタガタと揺れる視界。

さぁ、今日もいつも通り――――

「はぁっ!?」

――――から遠く離れている現状に、思わずアルヴィンは起き上がってしまった。

「あっ、おはよーアルくん！」

ふと横からいつも聞いている声が聞こえてくる。

また姉が自分のベッドに潜り込んできたのか？　と思ったがそうではない。

視界に映るセシルは学生服で、何やら柔らかで嬉《うれ》しそうな笑みを浮かべながら対面の席に座っていた。

「何事!?　清々しい朝の一幕に一体何が起こったっていうの!?」

とはいえ、その驚きもすぐに解決する。

今いる空間はつい先日乗っていた馬車と同じ。つまり、自分は馬車の中にいるという状況らしい――シーツと枕と寝間着そのままで。

「落ち着くんだよ、アルくん。朝からそんな大きな声で喋《しゃべ》っちゃうと周りの人に迷惑になります。ご近所のお付き合いはとても大事なのです」

「馬車だから、ご近所さんなんか数分でいなくなっちゃうけどね⁉ っていうより、いきなり馬車の中で目覚めたら普通驚くよね⁉ 目覚めのいい誘拐かと思うけどなぁ、普通は！」

「まぁまぁ、アルくん。これには深い事情があるんだよ」

セシルは立ち上がり、喚《わめ》くアルヴィンを落ち着かせるべく優しく頭を撫《な》でた。

「長いお付き合いなお姉ちゃんはね、アルくんが二度寝をして大事な大事な入学式をサボるんじゃないかなって思っていました」

「間違ってはないね」

「それだといけないのです。公爵家の人間が入学式の日に遅刻するなんて、親の顔にも泥を塗ってしまいかねない行為です」

「まぁ、そうなんだけど……」

親というワードを出されて、少し口籠《くちごも》るアルヴィン。

サボる気満々であったのは真実なので否定はしないが、こうして諭されてしまうと罪悪感が込み上げてくる。

いくら自堕落な生活を送ろうとしていても、周囲に迷惑をかけすぎるのはよくないのでは、と。

「だからお姉ちゃんは考えました――」

だからこの時だけは、優しく諭してくれる姉の言葉をしっかり聞こう。

反省しながら、アルヴィンはセシルの顔を見て耳を傾けた。

「シーツごと馬車に乗せてしまえば遅刻なんてしないよね、って」

「なんて安直で頭の悪い発想⁉　普通に起こして説得するって簡単な方法には至らなかったのかこの姉は⁉」

身から出た錆《さび》とはいえ、もう少し何か違う方法がなかったのかと思ってしまったアルヴィンであった。

「でも、実際にこれだと遅刻しないよね？」

「寝間着で入学式を迎える羽目になる弟と遅刻っていうワードのどっちに天秤《てんびん》が傾くか考えるんだッッッ！！！」

同じ恥だとはいえ、どっちの恥の方がダメージにならないかは考えればすぐに分かるようなものであったがそこまでには至らなかったらしい。

しかし、学年首席様はちゃんとそのあとのことまで考えているようで――

「大丈夫だよ、アルくんっ！　そうならないように、しっかりとアルくんの制服を持ってきました！」

そう言って、座席の下から新品の制服を取り出したセシル。

それを見て、アルヴィンはホッと胸を撫で下ろした。

「さ、流石《さすが》にアフターケアぐらいは姉さんも考えていたか……」

「アルくんの晴れ舞台だよ？　お姉ちゃんがそんなドジを踏むと思うのですかどやぁ！」

「今はそのブラコンっぷりに助けられたよ」

ありがとうと、アルヴィンはお礼を言ってセシルから学生服を受け取った。

そして、アルヴィンは寝間着の上を脱いでセシルがズボンに手をかけ――

「……おいおい、待ちたまえよマイシスター」

「……どうしたのかな、マイブラザー」

――ようとした瞬間、アルヴィンが寸前でセシルの手を摑《つか》んだ。

「今、あなたが何をしようとしているのかお聞きしても？」

「……弟の成長を確認するのも姉の務めだと思います」

「思いませんよ⁉　あんたが見たいだけでしょ弟の成長なんて背丈だけで十分なんだから

この変態がッ！」

ただ見たいだけなんだと秒で理解するアルヴィン。

伊達《だて》に長いこと溺愛オプションのついた弟をしていない。

「でも、代わりと言っちゃなんだけど……お姉ちゃんの成長も記録させてあげるよ？」

「………」

………

「アルくんって、実はお姉ちゃんのことを異性として意識してないかな？　なんかそんな朗報が感じられるんだけど」

……………………………………………………………いや、いやいやいや」

「き、気のせいですけどもぇぇ！　だからその手をズボンから離しやがれっ！」

賑《にぎ》やかな声が馬車から聞こえ、その時の御者は微笑《ほほえ》ましい笑みを浮かべていたという。

それは余談であるが、アルヴィンはこのあとなんとか貞操と成長記録拒否を守った状態で着替えることに成功した。

「あ、今日授業が終わったら訓練所来てね！　入団希望者と一緒に顔合わせ会と弟自慢会やるから！」

「後者の参加者って絶対姉さんしかいないじゃん……ッ！」

◆◆◆

さて、セシルのおかげで遅刻するどころか早く着きすぎてしまったアルヴィン。

何かして時間を潰そう……と考えたはいいものの、何かをするには時間が中途半端《ちゅうとはんぱ》でありせっかく早く来たのにウロウロしてて遅刻するのもいかがなものかと考えた結果、仕方なく講堂で待機することになった。

入学式は講堂で行われるらしい。

席は予め《あらかじ》決まっているというわけではなく、各々《おのおの》好きな席に座るとのこと。

その話を聞いたアルヴィンは仕方なく講堂の端の方へと座った。

目を閉じて、いつでも眠れる体勢を整えておく。

そして、しばらくすると徐々に新入生らしき新品の制服に身を包んだ生徒達が講堂にやってきた。

『ねぇ、あそこにいるのって公爵家の面汚《つらよご》しじゃない？』

『うわっ、ほんとだ。てっきり遅刻するかサボって来ないものだと思ってた』

『あ、あそこには行きたくないなぁ』

だが、人数が増えようともアルヴィンの周りに人が座る気配はなかった。

恐らく、アカデミー側は余裕を持って席を確保しているのだろう。そのおかげもあって、アルヴィンの周りには綺麗《きれい》な空白地帯が生まれていた。

(友達百人できるかな……って、誰だよそんな歌考えたの。できるわけないじゃん)

これが友達もおらず社交界にも面倒くさくて顔を出さなかった男の末路。

今まで気にはしていなかったが、こうもあからさまに避けられてヒソヒソと話されてしまえば胸にくるものがある。

仮にも公爵家の人間なのだから、こうしたアカデミーという場所では擦り寄ってくる人間もいるはずなのに。

そう思っていても、現実はなんと悲しいものか。誰も来ません。

アルヴィンが悲しみの涙を浮かべていると、ふと横から人影が近づいてきた。

「あ、あのっ……お隣、座ってもいいですか？」

おずおずと尋ねてくる少女。

明るい金髪と愛くるしくも可愛《かわい》らしい顔立ちに少し目を奪われた。小柄な体躯《たいく》も相まって、どこか庇護《ひご》欲をそそられてしまいそうになる。

アルヴィンは驚いた。誰も近寄ってこないのかと思っていたが、まさか勇気ある若人《わこうど》が一人いたなんて。

「お嬢さん……君は優しいんだね」

「ふぇっ？　ど、どうして泣いているのですか？」

アルヴィンは生まれて初めて嬉し涙というものを流した。

「しかし、何故《なぜ》こちらの場所だけ皆さん座らないのでしょう？　これだとあなたを避けているような感じがして少し『もやっ』な気分になります！」

「あれ、君は僕のことを知ってて座ろうとしたんじゃないの？」

「あぅ……すみません、私ってあまりお貴族様のお名前とか知らないんです」

っていうことは平民かな？　と。アルヴィンは申し訳なさそうにシュンとなる少女を見て思った。

それでも結構有名枠のポジションにいるはずなのに……それはそれで少し複雑な気分である。

とりあえず、アルヴィンは横の席を叩《たた》いて少女に座るよう促した。

「申し遅れました、私の名前はソフィアですっ！」

「あ、僕はアルヴィン・アスタレア。よろしく」

「……やっぱりお貴族様でしたか」

　家名を名乗ったことで貴族だと理解したのだろう。

　腰を下ろすソフィアは初めの態度とは少し変わって委縮した様子を見せる。

「あー、あんまり貴族相手とか気負わずに普通に接してくれていいよ。僕、あんまり畏《かしこ》まられるのとか好きじゃないし」

「そ、そうなんですか？」

「うん、むしろなじられる方が慣れてるし」

「……こ、この豚さんがっ！」

「なじってほしいわけじゃないけどね!?」

　極端で素直な子なんだなと、アルヴィンは出会って数十秒で学んだのであった。

「でもよかったです……初めにお話しできた人がアルヴィンさんみたいなお優しい人で。やはり、馴染《なじ》めるか不安でしたから」

「別に優しくはないよ？　僕はこの状況を見て分かる通り煙《けむ》たがられる方面で有名なんだ」

「ですが、こうして平民である私とも気さくに話してくれます」

　ソフィアは嬉《うれ》しそうな笑みを浮かべる。

そのせいもあって、アルヴィンは思わずドキッとしてしまった。

「本当に優しくない人であれば、こうして平民が横に座った瞬間に文句を言うはずですから」

貴族である人間はよくも悪くもプライドの高い人間が多い。

自分は高貴な人間だ、お前らとは違う。そう、平民を見下す傾向がある。

セシルやこの前出会った騎士団の面々が少し変わり者なだけで、統計だけ見れば貴族とはそういう意識を持つ人間が半数以上。

貴族が多く集まるアカデミーに平民が入るとなれば、不安になってしまうのも仕方ないだろう。

「……結局、皆人間じゃん」

「ふぇっ？」

「生まれが違うってだけで、種族は一緒でしょ？　差別意識を持つ方が僕はよく分からないかな」

それに、と。

アルヴィンは頬杖《ほおづえ》をついてさも当たり前のように口にする。

「僕ら貴族が裕福な暮らしができるのも、領民の税金のおかげ。そんな人達を守るのが僕達の務め。なのに下に見るっておかしな話だと僕は思うよ。持ちつ持たれつの関係に上も下もありはしないんだから」

その言葉を発した途端、少しだけ二人の間に静寂が生まれる。

柄にもなく変なことを言ったか？　ふとそんなことを思ったアルヴィンはおどけたように肩を竦《すく》めてみせた。

「まぁ、そのおかげで僕はぐーたら快適な自堕落生活を送れていたわけだ――」

「……優しいです」

「えっ？」

「アルヴィンさんは、やっぱり優しいと思いますっ」

ソフィアは驚くアルヴィンに向かって優しい笑顔を向ける。

それは柔らかくて、少し照れてしまうような……そんな笑顔。

どことなく姉さんに似ているなと、少し感じた。

「……君も大概変わり者だね」

「ふふっ、では変わり者同士仲良くしていただけたら嬉しいです」

誤魔化すように顔を逸《そ》らしたアルヴィンに対して、ソフィアは変わらず微笑ましそうな笑みを浮かべるのであった。

それから、二年と三年の生徒が続々と講堂にやって来た。

新入生ということもあって、やはり目立つ場所に置かれるのかアルヴィン達は前の方だ。

故に、後ろにいる生徒がどんな様子なのかというのは振り向かなければ分からない。

——入学式もつつがなく進んでいく。

アカデミーの学長の挨拶から始まり、少しばかりの説明会、新入生代表の挨拶といったスケジュールがアルヴィンの瞼《まぶた》を重くさせた。

「アルヴィンさん、寝ちゃダメですよ？　人のお話はちゃんと聞かないと『めっ！』なんですから」

「だって、瞼の重たくなるような話が……あ、ソフィアの膝を枕にしていい？」

「ふにゃっ⁉」

なんてやり取りが一年生の座る席の隅っこで繰り広げられる。

小声で話しているからか、周囲から「んだよこいつら……」なんて白い目はどうやら今のところ向けられていない。

これも周囲に誰かが座っていたのなら嫌な顔をされたのだろうが、嫌われ者故に功を奏した形である。

『続いて、在校生代表――セシル・アスタレアさんより新入生に祝辞を述べます』

そしていよいよ、聞き慣れた名前が入ったアナウンスが流れてしまった。

アルヴィンの顔が一気に険しいものとなる。

「急にどうされたんですか？　背筋がいきなり真《ま》っ直《す》ぐになりましたよ？」

「いや……あの愚姉が何を言い出すか警戒しているだけで」

「あの方はアルヴィンさんのお姉さんなんですね」

へぇー、と。ソフィアは壇上に上がる少女の姿を見た。

堂々とした凛《り》々《り》しい立ち姿。歩いているだけだというのに、思わず目を惹《ひ》かれてしまう。

だが、姉弟だと言われても似ていないなぁ、というのがソフィアの素直な感想だった。

壇上に上がるセシルの姿はカリスマ性を含んだ『憧れ』を凝縮したようなもの。

片や、アルヴィンは気だるそうにしながらも『親しみ』を凝縮したようなもの。

似ているようでどこか違う雰囲気に、ソフィアは首を傾《かし》げてしまった。

セシルは先程から皆が使っていた拡声器の前に立つと、気品と凛々しさを醸《かも》し出した立ち居振る舞いのまま、こう口にした――

『やっほー！　アルくん、見てる～？』

あ、やっぱりなんか似てます。

ソフィアは素直にそう思った。

『あれっ、アルくんどこ～？』

「やだっ、お家《うち》の醜態が公衆の面前で拡散されるぅ！」

ソフィアの横でアルヴィンは顔を覆って泣き出しそうな様子を見せていた。

新入生達は戸惑いながらも、噂《うわさ》の無能に視線を向ける。それがセシルに合図を送ったのだろう……彼女はキラキラした瞳になると、思い切りアルヴィンに向かって手を振った。

『アルくんっ！　お姉ちゃんかっこよかったでしょ⁉　これでも首席なんだぞどやぁ！』

「口を閉じてくれないかなぁ、あの愚姉……ッ！」

「あはは……面白いお姉さん、ですね」

このような場所で名前を呼ばれて注目を浴びれば恥ずかしくなってしまうのも無理はない。

ソフィアはこの瞬間、アルヴィンに対して初めて同情した。

『真面目にやってください』

『あ、はい……ごめんなさい』

司会の人間に注意され、セシルはしゅんと項垂《うなだ》れる。

もはやカリスマ性も凛々しさも威厳もどこにもなかった。

しかし、それでも在校生を代表する首席——そのあとの言葉は澱《よど》みなくも、真面目なものであった。

『新入生の皆様、まずはようこそ……我らがアカデミーへ。在校生を代表して歓迎いたします』

ようやく語り出してくれたセシルに、教師や司会は安堵《あんど》する。

在校生は慣れているのか、苦笑と少しばかりのざわつきだけで終わり、新入生の皆は未《いま》だにざわつきと戸惑いが残る。

どうしてあの公爵家の面汚《つらよご》しが溺愛されているのか、セシル様はあのような方だったのか、噂は本当だったのか。

その声は様々なものであったが、セシルの言葉はざわつきに反して進んでいく。

『これから、あなた達新入生には多くの苦難がアカデミーで襲いかかるでしょう。ここは学園という枠組みでありながらも、社会に飛び出す手前の訓練所のようなもの。設備、授業、環境、それぞれが今まで味わったことのないほど充実しており、目に見える形で苦しく厳しいものとなります』

「よかった……一時はどうなるかと思ったけど、ちゃんとした姉さんが見られて弟は嬉しいよ」

「ふふっ、面白い人だと思いますよ、私は」

「どうかこのまま……このまま普通でいてくれっ！」

アルヴィンは他の新入生とは別の気持ちを持って切実に耳を傾ける。

『ですが、この環境こそあなた達の将来へ大きく貢献してくれるものとなるでしょう。苦しいだけではありません。楽しいことも、喜ばしいことも、全てを引っ括《くる》めた対価も、平等に与えられる場所であり、それぞれが必ず己を成長させてくれます。それは今までの自分が成長してきたように、この場所でもきっと周囲が認めてくれるほどのものが与えられます』

そして――

『かくいうアルくんも、昔とは比べものにならないぐらい筋肉がつきました』

「離してっ！　今すぐ僕はあの阿呆《あほう》の口を塞がなきゃいけないんだ！」

「い、今は挨拶の途中ですからっ！」

席を立とうとするアルヴィンにソフィアがしがみついて制止させようとする構図が生まれた。

『昔、一緒にお風呂《ふろ》に入っていた時は背丈も小さくて可愛《かわい》かったのに……』

「アルヴィンさん、落ち着いてくださいっ！　その取り出したナイフは果物を切るものであって自分の首を切るものではありませんっ！」

「離すんだ、ソフィア！　公衆の面前で黒歴史を暴露されて、僕は生きていける自信がないっ！」

『あっ、今もうちの弟はすっごく可愛いですっ！　それに、アルくんは本当に凄《すご》いんだよ⁉　なんとっ、実はアルくんは私よりも強いのですえっへん！』

「ならばせめて……ならばせめてあの身内の恥にこのナイフを投げさせてッッッ！！！」

「アルヴィンさん、腕を……その振り上げた腕を下ろしてください危ないですっ！」

——結局、在校生代表のお言葉もなんだかんだつつがなく終わり。

アルヴィン・アスタレアという名前は入学式早々アカデミー中の噂となった。

◆◆◆

『なぁ、さっきセシル様が言ってた話って……』

『ないですよ、ないない。あの公爵家の面汚しがセシル様より強いって』

『きっと、可哀想《かわいそう》な弟を鼓舞するために言ったんだぜ。っていうか同じクラスとかついてねー』

なんて陰口が教室中から聞こえてくる。

それも本人に聞こえるぐらいの大きさなのだから余計にタチが悪い。

けど、アルヴィンはぶっちゃけ周囲になんて思われようとも気にしない。むしろ、その方が自堕落な生活を送っていても諦めてくれるからだ。

しかし、それが余計に周囲の生徒の陰口に拍車をかける。相手が公爵家の人間だろうが、やり返されないのなら、と。

とはいえ、そんな空気が嫌いな人間もいるわけで――

「アルヴィンさんと一緒のクラスになれたのは嬉《うれ》しいですけど……この空気は嫌ですっ！私、ちょっとお説教に行ってきます！」

入学式も終わり、いい感じにセシルの溺愛っぷりが広まったところで、アルヴィン達は各々《おのおの》クラス分けで決まった教室へと足を運んでいた。

どうやら、今は講師の人間が来るのを待っているちょっとした休憩時間らしい。

そこで偶然にもアルヴィンと同じクラスになれたソフィアが頬を膨らませて、陰口を叩《たた》く集団へと向かおうとしていた。

それを、アルヴィンは彼女の手を摑《つか》むことで制止する。

「やめときなよ」

「ですが、あの人達アルヴィンさんの悪口ばっかり言っています！　人の悪口を言うなんて失礼です！」

「優しい気持ちが胸に沁《し》みるけど、そんなことしたらソフィアが目をつけられちゃうよ。いくらアカデミーで同じ環境だとはいえ、平民の立場は考えないと」

そう言われて、ソフィアは「うっ」と可愛らしく唸《うな》って席へと座る。

「……アルヴィンさんは優しすぎます」

「僕からしたらソフィアの方が優しいよ」

「そ、そうでしゅか……！」

褒めたせいか、ソフィアは頬を赤らめて照れてしまった。

それがなんとも可愛らしく、思わずアルヴィンは目元に手を当ててしまう。

「ど、どうかされたんですか……？」

「いや、久しぶりにちゃんとした女の子に出会ったような気がして……ッ！」

思い浮かぶのは弟に求婚してくる姉と、容赦なく肩を外してくる情報屋。

こうして心優しくて人体に影響を及ぼさない常識的な美少女は久しぶりである。

思わず感動してしまうのも無理はないだろう。

「まぁ、心配してくれるのは嬉しいけど、僕は正直こうして陰口を叩かれる方が好都合なんだよね」

「このお馬鹿さんっ！」

「いいかい、今後のためだしっかり覚えておくんだよお嬢さん。僕は別になじられるのが好きではないんだ」

可愛い女の子からそんな言葉は飛び出してほしくない。

「それにしても、講師の人……来るのが遅いですね」

ソフィアがふとそんなことを口にする。

確かに、ここに集められてからしばらくの時間が経《た》っていた。

何をするかも不明確なままこうして待たされてしまうと、どうしても疑問に思ってしまう。

「どうせ、昼寝でもしてるんでしょ」

「ふぇっ？　まだ朝ですよ？」

「でも、寝る時間だよね？」

「……アルヴィンさんの生活サイクルが少し垣間《かいま》見られた気がします」

姉が妨害してきてなかったら寝ている時間のアルヴィン。

寝ているという選択肢が冗談という意味合いでは口にされなかった。

「待っていたらいつか来るんじゃない？　流石《さすが》に新入生を放置したりなんて――」

その時であった。

ガラガラッ！　と勢いよく扉が開かれ、一つの人影が姿を現したのは。

「お姉ちゃんが来ましたっ！！！」

ただ、講師とは少し違うようで。

アルヴィンは速攻で窓枠に足をかけた。

「さぁ、行こうソフィア姫っ！　こんな息苦しい世界から飛び出すんだ！」

「白馬の王子様が現れるタイミングじゃないですよ⁉」

言われてみれば、確かに劇的なシチュエーションもクライマックスのような雰囲気もハッピーエンド的な空気も何もなかった。

その代わりといってはなんだが、クラス中はさらにざわつきに包まれた。

『どうしてここにセシル様が……？』

『あぁ、相変わらずお美しいっ！』

『私、一度でいいからセシル様とお話ししてみたい！』

やはり、アルヴィンとセシルへの反応は雲泥《うんでい》の差なようだ。

いくらブラコンでおかしな行動を取っていても、それ以外は完璧。学力、腕っぷし、容姿、家格……どれを挙げても群を抜くほど突出しており、一部では憧れの的。

こうして現れるだけで黄色い歓声と桃色の視線が生まれるのだから、セシルの人気は凄いものだ。

「あー、どうして逃げようとするのアルくんっ！」

「帰れ、ブラコン！　今絶賛可愛い女の子との会話を楽しんでたんだ！　身内が割って入るんじゃない！」

「か、可愛い……っ！」

「むっ！　浮気《うわき》……浮気なのかな⁉　結婚前にそういうのよくないと思いますお姉ちゃんは！」

「よくないのは浮気の前に関係性だッッッ！！！」

周囲の憧れの視線を受けてもなお、弟しか見ていないセシル。

いつか幻滅されないかが心配になってくる。

「あ、あの……どうしてここにセシル様がいらっしゃったのでしょうか？」

二人のやり取りに驚きつつ、ソフィアはおずおずと尋ねた。

「そのことなんだけどね……なんか講師の人達が遅れるから代わりに私がアカデミーのこ

と色々教えてあげてって。首席ちゃんは信頼が厚くて光栄にもそんなお役目をもらいました！」

だから、と。

アルヴィンの姉は可愛らしく笑みを浮かべたまま、今度は生徒全員に向かってこう言い放った。

「というわけで、今から皆訓練場に集合！　アルくんの素晴らしさを教えてあげますだよっ！」

故に、アルヴィンはしっかりと窓から飛び降りてその場を離れた。

◆◆◆

どうしてアルヴィンの実力をお見せする必要があるのか？

ただ自慢したいだけとは知らない生徒達は憧れであるセシルに案内されるがまま訓練場へと赴いていた。

そしてアルヴィンもまた、げっそりとした表情で訓練場の隅っこに顔を見せていた。

「ちゃ、ちゃんと来たんですね……」

「制服のポケットにさ、『お姉ちゃんは口元が寂しいです』ってメモがあったんだよ。ここで無視してばっくれれば帰った時に何をされるか……ッ！」

「えーっと……飴《あめ》ちゃんを舐《な》めたいとかっていうお話ですか？」

恐らく違うと思う。

『すみません、セシル様！　それで、僕達は一体何をすればいいのでしょうか？』

生徒の一人が手を挙げてセシルに尋ねる。

木剣を持ったセシルは「いい質問だ！」と、表情に笑みを浮かべた。

「講師の人がね、皆が『武』に対してどれほど実力があるか知りたいんだって。それによってカリキュラムが変わってくるから」

このアカデミーでは魔法士志望者や騎士志望者、その他関係なく平等に同じ授業が与えられる。

それは組分けによってクラス内外の交流を深め、得意分野以外の知識も学んでおくという目論見《もくろみ》があるのだが、それによって当然弊害というのが出てくる。

得意なものであれば上達を見せるが、不得意なものであれば停滞してしまう。

簡単に言ってしまえば、剣を振ったことのない人間に剣を持たせてもいい成績を出せなかったり、魔法が使えない人間に魔法を使わせられなかったり。

しかし、そこは貴族が多く集まるアカデミー……個々の技能を把握して、それ相応のカリキュラムを組むのがアカデミーの方針。

そのため、一つの授業に講師が一人ということはない。生徒に合わせ、それに合った講師を何人か充《あ》てる。

それによって平等に生徒が向上できるようにしているのだ。もちろん、歴史や経済学といった座学に関しては別の話だが。

「この中に、私は剣も魔法も使いませんよーって人はいるかな？」

セシルが皆に尋ねる。

すると、誰一人として手を挙げることはなかった。

将来家督を継いだり文官になるといっても、自衛の術《すべ》は必須。そこは流石貴族といったところか。最低限しっかり何かしらを学んできているようだ。

「あ、あのっ！　私、魔法は使えるのですが……」

そんな時、アルヴィンの横にいるソフィアがおずおずと手を挙げた。

「およっ？　もしかして、そこの君は回復士《ヒーラー》だったりするのかな？」

回復士《ヒーラー》とは、他者を癒《いや》す魔法を使う者のことである。

直接戦闘をする能力ではなく、後方支援に特化した魔法士であり、戦場では重宝されることが多い立場だったりする。

「は、はいっ！」

「んー……なら、今回は君以外でやろうかなぁ。回復士《ヒーラー》はちょっと特殊だからね」

「姉さん、実は僕も――」

「さぁ、気を取り直して始めちゃいましょー！」

「姉さん、僕は何もできないんだッッッ！！！」

必死に手を挙げる生徒一名を無視して、セシルは言葉を続ける。

「あの子以外、ちゃんと何かできるようでなによりです！　なので、これからお姉ちゃんがお願いされたことをしっかりとこなすためにも、今から君達には各々《おのおの》の実力を見せてもらいます！」

けど、と。

セシルは腰に手を当てて肩を竦《すく》めた。

「一人一人実力を見せてもらうと時間がかかっちゃうんだよねぇー。皆も、アカデミーの中を探検したいでしょ？　それに、寮に住む人とかは荷物の整理とかしたいだろうし。だから、一斉に実力を見せてもらうことにしました！」

『もしかして、皆の相手をセシル様が……？』

「ううん、違うよ！」

そして、セシルは顔を皆から逸《そ》らしてにっこり笑った。

その視線の先には、最愛の弟の姿がくっきりと――

「皆には、アルくんを本気で狙ってもらおうと思いますっ！」

やると思った。アルヴィンはさめざめと泣いた。

『え、えーっと……お言葉ですが、流石にそれは厳しいんじゃないかと』

「ふぇっ？　どうして？」

『あの公爵家のつら……いえ、アルヴィン様がこの人数を相手にできるとは思えません。それどころか、一人を相手にするのも厳しいかと。セシル様がお相手してくれるのならまだしも』

「むっ？　アルくんは私よりも強いんだぞー！　お姉ちゃんの剣を二回も弾《はじ》いたんだからー！」

「姉さん！　僕もその生徒さんの言う通りだと思います！」

「アルくんは黙ってて！」

そうは言っても、皆の目は「信じられない」といったもの。

そりゃそうだ、よく噂《うわさ》で聞く公爵家の面汚《つらよご》しが何をできるわけもない。無能と自堕落を体現したような人間が、努力した人間になど勝てるわけがないのだ。

セシルの前だからこそ面と向かって馬鹿にはしないが、皆一様に嘲笑をアルヴィンに向けていた。

「皆が信じてくれない……他の皆もそうだけど、どうして信じてくれないのかなぁ」

そりゃそうだろというのがアルヴィンの感想であった。

しかし、弟を溺愛することに長《た》けたセシルはこんなところで諦めるようなレディーではない。

すぐにしゅんとした顔から一変し、ビシッとアルヴィンに対して指を向けた。

「だったら、この中で誰か一人でもアルくんを倒せたら……お姉ちゃんがなんでも言うことを聞いてあげる！」

「新手の脅し⁉」

アルヴィンから思わずそんな言葉が漏れてしまう。

しかし、そんなアルヴィンを余所《よそ》に……生徒達は異様な興奮が混ざったざわつきを起こすのであった。

『セシル様がなんでも……！』

『っていうことは、俺と婚約っていうのも了承してくれるのか⁉』

『私、一度セシル様とお茶会をしてみたかったの！』

セシルの一言で、生徒達のざわめきが強くなる。

生徒達が思うセシルのステータスはブラコンだという部分を除けば高い。

それが「なんでも言うことを聞く」と口にしたのだから、盛り上がるのは必須であった。

「ど、どどどどどどどどどうしましょう、アルヴィンさん⁉　何故《なぜ》か、皆さんのやる気が凄《すご》いことに……！」

「我が身を切る脅迫の仕方があったとは……ッ！　我が姉の執念をナメていた！」

このままでは『アルヴィンVSクラスメイト』という構図が生まれてしまう。

実力をひけらかしたくないアルヴィンにとっては最悪の事態である。

(お、落ち着くんだアルヴィン・アスタレア十四歳イケメン……別に、冷静に考えればどうってことないじゃないか)

襲ってくるのなら襲ってくればいい。

アルヴィンが適当な人間の一撃を受けてそのままやられた振りをしてしまえば、この実力測定の名前を冠した弟自慢は終了するのだから。

加えて、この事態は決してデメリットばかりではない。

今現在、アルヴィンはセシルによって「本当は物凄く強い」という噂が独り歩きしてしまっている状態。

いつ、どんな拍子で噂がペアを組んで信憑《しんぴょう》性が生まれるか分からない。ここでやられて「やっぱり公爵家の面汚しは無能」という噂を強めれば、それも消えてしまうだろう。

(殴られたりするのは痛いけど、今後のことを考えたら受けておこうかなぁ……)

となると、一番当たっても痛くのない人間を選ぶ方がいい。

アルヴィンは血気盛んになる面々を見ながら観察を始めた。

「アルくん、アルくん」

そんなことを考えていると、セシルがトテトテとアルヴィンの元へとやって来た。

「どうしたの、姉さん?」

「なんかアルくんが『今後のためにさっさと適当に受けようかなぁ』って考えてるかなって思ったの」

「はっはっはー」

もはやエスパーである。

「安心してよ、姉さん……僕は姉さんがお願いを聞かなくても済むように一生懸命頑張るから!」

呼吸するように平然と嘘《うそ》を吐《つ》くこの男。

こうなったのも自業自得《じごうじとく》だと姉に見切りをつけるのが早すぎであった。

「なら安心だねっ！　アルくんが本気を出せばちょちょいのちょいだもん！」

「姉さんは僕のことを信じてくれるんだね」

「そりゃ、私の大好きな弟だもん――――」

セシルは嬉《うれ》しそうににっこりと笑みを浮かべる。

「ここで負けたらお姉ちゃんと一夜を共にしてもらいます」

「信じてなかったの？」

そして、この姉もまた疑うのが早すぎるのであった。

「いいの⁉　お姉ちゃんが知らない人と婚約しちゃうかもしれないんだよ⁉　アルくんはいつから薄情になっちゃったの⁉」

「知らないよ⁉　勝手にこんな事態にしたのは姉さんじゃん！」

「お姉ちゃんと結婚してくれるって約束は⁉」

「公爵家のツテを使っていい医者を紹介するよ！　記憶の捏造《ねつぞう》はもしかしたら重大な病気かもしれないからね！」

頬を膨らませるセシルを見ても、アルヴィンはそっぽを向いて拒否をする。

こうしている間にも、生徒達は着々と訓練場の奥から武器を取ってきたりしていた。

そんな様子を見て、間に挟まれてしまっているソフィアはオロオロしながらアルヴィンに耳打ちをする。

「ア、アルヴィンさん……やる気出してもいいんじゃないでしょうか?」

「いいかい、ソフィア……僕はとても弱いんだ。自堕落な生活を送るためにも、このステータスを塗り替えられたくない」

「ですが、このままだとアルヴィンさんが危ない目に……」

本気で心配をしてくれるソフィア。

その純粋な眼差しを受けて、アルヴィンは「ぐっ」と唸《うな》ってしまう。

「さぁさぁ、皆準備はできたかな!?」

中々首を縦に振ってくれないことでやけくそになったセシルが生徒達に向かって叫ぶ。

生徒達は各々瞳にやる気を燃やし、武器をアルヴィンに向けていた。

『相手は公爵家の面汚しだ……』

『多分、早い者勝ちになるからな……やるなら速攻だ!』

『無能が相手なら怖いものはないわ!』

まぁ、総体的に考えてもここでセシルの思惑には乗りたくない。

しかし、ソフィアは純粋に自分の身を案じてくれている。加えて、嫌いではない姉がクラスメイトのお願いを聞いてしまうのも考えものだ。

女子ならまだしも、野郎共にもし倒されてしまうようなことがあればどんなお願いをされるか分からない。

（あー、もうっ！　姉さんの思い通りでなんか腹立つ！）

いよいよセシルが「始め！」と合図を出した。

それを聞いて、生徒達が一斉にアルヴィンへと襲いかかってくる。

武器を片手に突貫してくる者、魔法の詠唱を始める者。

まだまだ技術が拙いのは見れば分かったが、それでも人数が人数。並の騎士や魔法士でも十分脅威であった。

しかし――

「ソフィア、ちょっとこっちに来て」

「ふぇっ⁉」

アルヴィンは仕方ないといった表情でソフィアを抱き寄せる。

突然のことに、ソフィアは思わず顔を真っ赤にしてしまった。

だが、そのあと。

具体的にはアルヴィンがもう一歩足を上げた時……ソフィアはふと違和感を覚えた。

何故か、大気が急に冷えてきてしまったことに。

「あ、これはちょっとヤバいかも」

セシルもその予兆を感じ取ったのか、一気に跳躍して客席へと飛んだ。

すると、アルヴィンが足を踏み締めた瞬間——生徒諸共《もろとも》、辺り一面が氷漬けにされてしまった。

「そういえば……」

そして——

「誰が誰に勝てるって？　てめぇらそういうのは身の丈を知ってから言え、阿呆《あほう》共が」

アルヴィンはそっと、白い息を吐くのであった。

何が起こったんだ？

真っ先に浮かんできた言葉はそんなものであった。

偶然……いや、人よりも少しだけ体を鍛えていたからか。騎士を目標に研鑽《けんさん》を積んできた生徒の一人である少年は薄れ行く意識の中で疑問が脳裏を埋め尽くしていた。

体が冷えている。視界が薄いガラスにでも阻《はば》まれているような。しかも、体が少しも動かせない。

ぼんやりと輪郭だけ見える視界に立つのは自分と同様に動かない生徒。

そして、ゆっくりと白い息を吐き出す……公爵家の無能だった。

(馬鹿な……ッ！　無詠唱でこの規模の魔法を展開しただと⁉)

基本、魔法には詠唱が必要となる。

それは起こそうとしている事象を魔力にしっかりと認識させるためだ。

緻密であればあるほど展開できる魔法は強力になり、扱える者も少なくなる。

だが、時折……才能がある者は過程である詠唱を省いていたりした。

それは脳内に起こす事象のイメージがしっかりとできているからであり、ただ魔力がある凡人が行おうとしても何も起こらない。

無詠唱は、魔法士にとって才能がある証《あかし》。

しかし、才能がある中でもイメージする魔法が緻密であれば扱うのが難しく、比較的簡単なものしかできないという。

そのはずなのに、目の前にいる少年はやってみせた。

しかも、無能で公爵家の面汚しだと言われているような同い年の少年が――

(セシル様が言っていたことは、本当……？)

自分よりも強いのだ。

セシルが弟であるアルヴィンを好いているのは知っている。だから贔屓目《ひいきめ》で彼が強いと言ったのだと、初めは思っていた。

だが、こんな光景を見せられてしまえば認識を改めるしかない。

(これが、本当のアルヴィン・アスタレア……)

少年は、ゆっくりと意識を落とした。


アルヴィンの実力を前にして驚いていたのは、何も少年だけではない。

(あちゃー……凄いなぁ、アルくんは)

なんとか客席に逃げることができたセシルは苦笑いを浮かべていた。

目の前に広がるのは、容赦なく生徒をも飲み込みながら広がった氷の一面。

陽《ひ》の光が反射し、輝いてこそ見えるものの……訓練場一帯を一瞬で埋め尽くした現実には驚かずにはいられない。

(お母さんとどっちが上かな? 現役時代だったらいい勝負してた?)

セシルの脳内に、現役を引退した母親の姿が浮かんだ。

自分は騎士で魔法には疎《うと》い。あの母親だったらどういう反応を見せるだろうか？

いや、それよりも――

（問題は私と本気で戦った時かなぁ）

アルヴィンの性格上、自分と本気で戦うことはないだろうと思っている。

面倒臭がりで、こんな凄《すご》い実力を持っているのにひけらかさない。謙遜とは少し違う
……ただ目立ちたくない。完全なる宝の持ち腐れ。

（うぅ……お姉ちゃんとしての威厳が）

これでも、セシルはアカデミーでも二番目に強いという自負がある。

同年代では間違いなく敵などいないし、この実力のおかげで騎士団の副団長にもなれた。

しかし、こうして改めてアルヴィンの実力を見てしまうと、自分がどれだけ小さな世界で戦っていたのかを痛感させられる。

あの人だったら勝てるかな？　ふと、そんなことを思った。

（っていうか固有魔法《オリジナル》も使えるってことはないよね？）

固有魔法《オリジナル》は魔法士が憧れ、目標とする極地だ。

既存の魔法から逸脱し、己のためだけに創りあげた魔法。それは己のみにしか扱えず、己の潜在能力《ポテンシャル》を最大限に発揮するよう創られるが故にどの魔法よりも強大なものとなる。

創り出すには己の潜在能力《ポテンシャル》を把握し、かつ既存魔法を放棄してゼロから生み出すためのセンスが求められる。

もちろん、魔法を学びに来ている生徒が固有魔法《オリジナル》に達するわけもなし。

プロと呼ばれる魔法士ですら、ごく少数しか扱えないとされている。

(……なんか持ってそうだけど)

それよりも――

「かっこいいなぁ、アルくんは……昔と全然変わんないや」

やはり、セシルも一端《いっぱし》の乙女。

白い息を吐きながら少女を抱く姿を見て、ほんのりと頬を染めるのであった。

「加減はしたけど、しばらく動きはしないでしょ」

そんな言葉を、ソフィアは近くで聞いていた。

顔を上げれば、今日知り合ったばかりの男の子の顔が見える。抱き締められている体の側面は彼の体温によって温かいのだが、背中の部分は氷土の上にいるかのように寒い。

――何が起こったのか、ソフィアは一瞬理解ができなかった。

突然抱き締められ、アルヴィンが一歩を踏み出した時……自分達のいる場所以外の部分が一斉に凍り始めたのだ。

水を上から流すと、円形に広がっていくように。

氷の波紋が訓練場を襲い、迫りくる生徒達を容赦なく飲み込んだ。

（この人は……）

ソフィアのアルヴィンに対する印象は「優しい人」であった。

それでいて面白く、一緒にいて楽しい。あとはどこか安心してしまう温かさがあるぐらい。

だけど、それ以外は自分と変わらないと思っていた。

周囲に馬鹿にされているけど、自分と同じ生徒。これから一緒に努力して、成長していくのだと。

でも、そんなのは必要ないんじゃないか？

だって、もう完成されているのだから――

「あ、寒かった？」

いつものおどけた様子で、アルヴィンがそんなことを尋ねてくる。

「い、いえっ！　大丈夫です！」

「そう？　だったらさっさと教室に戻ろうよ。これじゃ、続きをするっていっても無理だろうしね」

そう言って、アルヴィンはソフィアを立たせた。

それがどこか寂しく感じてしまったが、ソフィアは突如浮かんだ願望を両手をバタつかせながら振り払う。

「それにしても、やっちゃったなぁ……姉さんの思惑通りじゃないか。これでネギを背負ってたら、僕は完全にカモだよ」

先を歩くアルヴィンの姿は、とても落ち込んでいるような感じがした。

こんなに凄いことをしたのに、自慢するどころか悲しんでいる。

よく分からない。でも、ソフィアは励ましてあげたくて――

「あ、あのっ！」

「ん？」

「凄かった……い、いえっ、かっこよかったです！」

素直に口にするのが恥ずかしかったのか、その時のソフィアの頬は少し染まっていた。

そんな言葉を受けて、アルヴィンは一瞬呆《ほう》けたような顔を見せるとすぐに小さく笑ってくれる。

「……まぁ、可愛《かわい》い子に褒められたってだけでもよしとしようかな。美少女の褒め言葉って男からしたら大金ものだし」

ソフィアはアルヴィンがそう言ってくれて嬉《うれ》しかった。

だからからか、立ち去ろうとするアルヴィンの横に駆け寄り、もう一度笑顔を見せた。

◆◆◆

──それから、アルヴィンはクラスで話題の的となった。

実力の片鱗《へんりん》を見てしまった。

その実力は同じ魔法士を目指す者であっても「敵《かな》わない」とすぐに思ってしまうもの。

まともな神経をしていれば、もう「無能」などと馬鹿にできない。

とはいえ、やはりそれは見た者にしか分からない事柄だ。

クラスの生徒が別のクラスにいる友人に伝えても「冗談だろ?」と言われてしまう。

しかし、それはそれで好都合だと思う生徒は何人かいた。

誰も近寄ろうとしないなら、自分が近寄りやすくなる。

アカデミーは己の成長を育む場所でありながらも交友を広げる社交の場でもあるのだ。

今まで馬鹿にしても問題なかった人間が、実は馬鹿にできないほどの実力を持っている。立場も擦り寄るに相応《ふさわ》しい公爵家。

なんとしてでも伝手《つて》を作ろうと思ってしまうのは無理もない話。

だが、今のところは誰も声をかけようとする者はいなかった。

何せ、今日一日……終始爆睡していたからである。

「アルヴィンさん、アルヴィンさん」

そんな中、ようやく一人の生徒が寝ているアルヴィンに声をかけた。

アルヴィンはその声によって目が覚めたのか、ゆっくりと顔を上げる。

「目の前に天使……もしかして僕はついにエデンへと……」

「もうっ、まだねぼすけさんなんですか？」

頬を膨らませる天使。もとい、ソフィア。

それがなんとも可愛らしく、アルヴィンはこれ以上ないくらいにだらしない顔をしていた。

「終わっちゃいましたよ？」

「僕の三年間もこれまで……」

「卒業っていう意味じゃないですからね⁉」

何やら可愛らしい声を聞いていると、徐々に目が覚めていったアルヴィン。

ようやく辺りを見回して現実へと帰ってきた。

「あ、授業終わったんだ」

「ずーっと寝てましたよ、アルヴィンさん。授業中に居眠りはよくないと思いますっ！」

「そっか……ソフィアはちゃんとしてて偉いねぇ」

「えへへっ、そんなことは……ハッ！」

唐突に子供扱いされたことに気がつくソフィア。

世の中にはこんなにも可愛らしい女の子が実在したのだと、アルヴィンは遅ればせながらその事実に気がついたのであった。

「だったら、騎士団のところに行かないといけないなぁ」

「ふぇっ？　アルヴィンさんも騎士団に入られるんですか？」

「よくある話だと思うんだけど、ちょっと身内から脅迫されたんだ。それで入ることに」

「……どれだけ身近に脅迫があるんですか？」

「大丈夫、命の危険はないから！」

ただ、家庭内崩壊を誘発されているだけである。

「ん？　でも、『も』って――」

「ふふんっ！　実は私も騎士団に入ろうと思っているのです！」

アルヴィンは胸を張るソフィアを見て首を傾《かし》げる。

はて、彼女は珍しい回復担当の魔法士ではなかっただろうか？

そんな疑問を抱いているアルヴィンを見て、ソフィアは説明を始める。

「別に魔法士だからといって、騎士団に入れないわけではないんですよ？　アルヴィンさんだってそうじゃないですか」

「いや、僕は一応両方いける口だから……」

「アルヴィンさんはもう少しやる気を出してもいいと思います」

本当に宝の持ち腐れだと、ソフィアにしては珍しく内心で愚痴を零《こぼ》した。

「私の場合は回復支援が主ですので、正直どこに行っても需要があります。前に出て誰かを守るお役目がある場所では、必ず怪我人《けがにん》は出てしまいますから。もちろん、騎士にはなれませんが」

簡単に言ってしまえば後方の仕事をするために入るということだ。

後方を必要としない部隊はない。騎士団然《しか》り、魔法士団然り、誰だって前に出て戦うのであれば怪我というのは避けて通れないもの。

そうしたサポートをしてくれる人間は貴重な人材であり、引っ張りだこだったりする。

ソフィアはそういった部分に当て嵌《はま》るため、騎士団に加入しようとしているのだろう。

「私、借りた学費を返すためにもお仕事をしなくちゃいけないんです。騎士団に入ると、一定額のお給金がいただけますので！」

「でも、それだったら魔法士団でもいいんじゃない？　一応あるでしょ、アカデミーが抱えてる魔法士団。そっちの方が魔法の勉強にもなるんじゃない？」

「私も考えたんですけど、やっぱり騎士団の方が規模が大きいのでお給金もいっぱいもらえるんです……」

「なるほど」

アカデミーが抱えている魔法士団は意外と規模が小さい。

そもそも、魔法は魔力によって才能が左右されてしまうため、魔法士という人間自体が貴重だからだ。

加えて、魔法士は後ろから敵を屠《ほふ》る立ち位置。

仕事も限られるし、やはり一番前に出る騎士団よりは稼げるお金も少ない。

「それに、私の知り合いがいるらしいので」

「へぇー、それなら安心だね」

「私の知り合いは凄《すご》いんですよっ！　あっという間に相手の肩関節を外せます！」

「僕はソフィアが心配だよ」

安心する要素がピンポイントすぎる。

「しかもアルヴィンさんも一緒だと聞いて、不安が一気になくなりました！」

「あらヤダ眩《まぶ》しい」

いっぱいの笑みを浮かべるソフィアを見て、アルヴィンは思わず目を覆ってしまった。

「ということなので、一緒に行きませんか⁉　今日は騎士団の加入希望者を集めて説明会をするみたいなので！」

「だから僕も呼ばれたのか……了解。それじゃあ一緒に行こうか」

正直、行くのは面倒くさい。

今すぐ帰宅して遊んだり寝ていたりしたいのだが、横にソフィアがいるとなると少し憂鬱な気分も晴れた。

アルヴィンは軽くなった足を動かしてソフィアと一緒に訓練場へと向かうのであった。

初めて仲良くなったまともな女の子だからか、向かう道中では楽しい楽しい会話に花が咲いた。

訓練場に着くと、すぐさま知り合いを見つけたソフィアが駆け出した。

「レイラさんっ！」

「あら、ソフィアじゃない。やっぱり騎士団に入るのね」

とりあえず世間って結構狭いよね、と。アルヴィンは思った
目の前で天使のような少女と可憐《かれん》で美人な少女が抱き合っている。

それは久しぶりの再会。傍《はた》から見ればなんと微笑《ほほえ》ましく魅力的な光景か。辺り一面に百合《ゆり》の花が咲き、むさ苦しい野郎が多い空間にキラキラしたエフェクトが導入されているかのよう。

世間って狭いよね。そう思ったアルヴィンは大変満足した笑みを浮かべながら首を縦に振っていた。

「っていうか、偶然ね。あなたがソフィアと一緒に来るなんて」

「ほんと、世間って狭いと思うよ」

まさか、ソフィアの知り合いがレイラだったとは。

接点がまるでないように思うのだが、あの仲睦《むつ》まじさを見ればどれだけ親密な関係なのかが窺《うかが》える。

「ふぇっ？　アルヴィンさんとレイラさんはお知り合いなのですか？」

「筆舌に尽くし難《がた》い関係ね」

「誤解しか生まない」

確かに筆舌に尽くし難い関係ではあるのだが。

「逆に僕は二人が知り合いなことに驚きだよ。どんな関係なの？」

「借金をしている側とお金を貸している側です！」

「そっか、仲睦まじいとはほど遠い関係なんだね」

「待ちなさい、ソフィア。伝える事実はそこだけじゃなくてもよかったでしょ？」

実際にレイラはソフィアに学費や入学金を貸しているのだから間違いではない。

しかし、何もそこだけを切り取らなくてもいいではないかと、レイラは苦笑いを浮かべる。

「お金を貸したり、情報を売ったり……今時のご令嬢はここまで進化しているのか？　いつかナニのサイズまで事前に調べそうで男は涙目だよ」

意外な関係に、アルヴィンは思わず思考の海へと突入していく。

「合っているのだけど、別にそれが主体ってわけじゃ……」

「ソフィアもお金の担保にいつか自分の体を奪われ……」

「だから聞きなさいよ」

「そうなった時、僕は知り合いとしてソフィアを買い戻してあげなきゃ。でも、それだと僕の所有物って扱いに――」

ポキャ♪

「――なるかもしれないけど、先んじて僕の腕が動かせなくなったことに対して文句を言いたい」

「ふふんっ！　レイラさんは相手の肩を外すのがすっごくお得意なんです！」

「なるほど、彼女のことを言っていたのか。どうりで味わい慣れたフレーズだと思ったよ」

いつの間にか外された肩を、アルヴィンはため息を吐《つ》きながら戻していく。

癖がつかないか心配になってしまった。

「はぁ……ソフィアはうちの領民で、ちょっとした幼馴染《おさななじみ》なの」

「へぇー」

「学費も入学金も私が出すって言ったのに『それだと申し訳ないから』ってソフィアが言って聞かないから」

「うん、正直そんなことだろうと思った」

どちらとも付き合いがあるアルヴィンからしてみれば、どっちもそんな発言をしそうだなと感じていた。

優しいソフィアは一方的な恩は重く感じて遠慮しそうであり、なんだかんだ面倒見のいいレイラは施そうとしても相手を尊重して妥協案を見つける。

その流れから、結局お金の貸し借りで話が落ち着いたのだろう。

「まぁ、積もる話はまた今度ゆっくりしましょう。そろそろあなた達の顔合わせが始まるんだから」

レイラがそんなことを言うと、タイミングよく騎士団の面々が並び始めた。

それにならうように、入団希望者らしき新しい制服を着た生徒も並び始める。

「それじゃ、行ってきます！」

「うん、行ってらっしゃい」

ソフィアは可愛《かわい》らしく敬礼をすると、入団希望者の列に並び始めた。

まるで門出する娘のような愛らしさだ。

そして、そんな少女の姿を手を振って見送るレイラとアルヴィン。

「いやぁ、君の幼馴染は元気で可愛い子だね」

「なんであなたがここにいるのよ？」

「いや、だって僕はもうすでに騎士団に加入しているわけだし――」

「してないわよ」

「してないの⁉」

あんなやり取りを入学前にしたというのに？

アルヴィンは予想外の回答に思わず驚いてしまう。

「騎士団に入るためにはまず入団試験があるの。そうでもしないと、無駄に依頼を受けて怪我人を出すだけだし」

まったく戦力にならない人間が騎士団に入ればどうなるだろうか？

依頼を受けて仕事に行く度に怪我をし、仲間内で迷惑をかけてしまうかもしれない。

定員等は決まってはいないが、だからこそ、ある程度間引きをしておかないと全体的に損失を食らうことになる。

「えっ？　じゃあ、僕が入学前に来たやつは一体……？」

「ただの弟自慢でしょ」

「ちくしょう、いつかあの姉ぶっ殺してやるッッッ！！」

あの苦労と脅し脅されはなんだったのか？

ただの自慢にアルヴィンの怒りが再燃焼した。

「いや、待てよ。っていうことは、ここで試験に落ちれば約束を反故《ほご》にすることなく騎士団に入らずに済むのでは？　アルヴィンくん、顔だけじゃなくて頭もいい……」

「といっても、あなたが入団するのはほぼ確定でしょうけどね」

「……帰っていい？」

「ダメよ」

はぁ、と。八方塞がりな現状にため息を吐くアルヴィン。

こういう性格だというのは分かっていたが、アルヴィンの弱っている姿を見るのはレイラにとっては珍しかった。

それ故、落ち込んでいる様子を見せるアルヴィンにそっと庇護《ひご》欲を駆り立てられたのは内緒の話である。

「あ、そういえば」

だがそんな時、レイラが何か思い出したかのように口にした。

「ん？　どうかしたの？」

「いえ、最近妙な噂《うわさ》が立っているからあなたにも伝えておこうと――」

しかし、タイミング悪く訓練場の入り口から二つの人影が現れた。

それは副団長であるルイスと、同じく副団長であるセシル。どうやら、本格的にこれから始まるようだ。

「またあとで言うわ。今から始まるみたいだし」

「……了解。夜な夜な眠れなくなる不吉なお話じゃないことを願うよ」

さて、どうかしらね？　レイラはにっこりと微笑みながら、列に並ぶアルヴィンをソフィアの時と同じように見送った。

これから入団試験なのだが、まずは入団希望者の顔合わせから始まる。

この度の入団希望者はアルヴィン達を含めて十人。

現在の騎士団のメンバーが約三十人ほどと考えれば若干少ない人数であった。

『ジーンデルク子爵家三男、アレク・ジーンデルクです！　子供の頃から騎士に憧れていて、ここで研鑽《けんさん》を積みたいと思い希望しました！　よろしくお願いします！』

若者の元気のある声が響き渡る。

希望、期待、ちょっとした緊張に不安。こうして歳《とし》もあまり変わらないというのに、始まる時というのはいつもこのような感じだ。

目の前にいるのは、アカデミーでも騎士見習いとしても先輩。

だからこそ、皆の前で自分を見せるという場所では様々な感情が自分を埋め尽くす。

そんな姿に見ている方も活力が与えられる。自分達もこうだったな、懐《なつ》かしいな、と。

これからの期待の星に――

『Boooooooooh！！！』

『ケッ、野郎は帰れ！』

『お呼びじゃねぇんだよ、ガキが！』

『ママのおっぱいでも吸ってろ、カス！』

一斉にブーイングを始めた。

容赦のない先輩達である。

「ソフィアです、回復士《ヒーラー》をやっています！　み、皆さんと同じ騎士見習いではありませんが……精一杯、騎士団で頑張りたいです！」

何人かの自己紹介が終わり、いよいよ砂漠に現れたオアシスの番になった。

その様子は酷《ひど》く緊張しており、上擦《うわず》った声と可愛らしい仕草が自然と目を引いてしまう。

先程の入団希望者の少年とはかなり違う。期待というより「大丈夫か？」と思われてしまいそうな雰囲気があった。

『ひゅーひゅー！』

『ようこそ、我が騎士団へ！』

『俺達は君を心の底から歓迎する！』

『分からないことがあったらなんでも聞いてね！』

とはいえ、凄《すご》い温度の差であった。

一斉にウェーブを始めたところが余計に男女差別を如実《にょじつ》に表している。

「えー……あー、アルヴィン・アスタレアです。よろしくお願いします」

そして、いよいよ最後のアルヴィンの自己紹介が始まった。

とはいえ、簡潔にクソだるそうに言うアルヴィン。横にいるソフィアや期待に満ち溢《あふ》れていた入団希望者達とは大違いである。

しかし――

『よっ！　待ってました、アルヴィンさん！』

『ようこそ我が騎士団へ！』

『アルヴィンさん、もうちょっと元気出してくださいよー！』

『俺達と一緒に頑張りましょーぜ！』

『きゃー！　アルくん今日もかっこいいよぉー！』

肉体言語で仲良くなった騎士団の皆はアルヴィンを歓迎する。

しっかりと内々で上下関係が構築されてしまったみたいだ。

一人、何故《なぜ》か黄色い歓声が生まれたのは気にしなくてもいいだろう。

「チッ」

一方、騎士団の中でも副団長であるルイスは気に食わなそうに舌打ちをしていた。

それも当然、唯一の常識人であるルイスからしてみればやる気のない態度など叱責もの。

だが、以前一撃で吹き飛ばされてしまった過去があるが故に中々表立って文句は言えなかった。

「あ？　今、アルくんに舌打ちしなかった？」

「急に怖い顔にならないでくれます？」

それに、隣に弟溺愛中のお相手がいるのだから余計に何も言えない。

ここで何か言おうものなら、副団長の立場など関係なく実力が上のセシルやアルヴィンに狙われてしまうからだ。

「はいはーい！　これで入団希望者さんの自己紹介も終わったねぇー！」

鋭い目付きから急にいつもの調子に戻ったセシルが入団希望者達の前へ出る。

「まずは皆さん、騎士団に入団を希望してくれてありがとう！　私は副団長のセシル・アスタレアです！　そして、アルくんのお姉ちゃんでもありますどやぁ！」

いらねぇ情報だなと、アルヴィンは思った。

「これからよろしくね――って言いたいところなんだけど……皆も知っての通り、騎士団って危険なお仕事でもあります。生半可な気持ちで来てはいないと思うけど、どうしても実力がそぐわなかったらここの敷居《しきい》を跨《また》がせるわけにはいきません」

セシルの真剣に変わった声が入団希望者達の耳に届く。

命の危険がある以上、上の立場にいる者として安易に責任を背負うわけにはいかない。

それは入団希望者も分かっているからか、皆一様に緊張した面持ちで聞いていた。

「だから、我が騎士団恒例行事——入団試験を今から始めちゃいます！」

『『『『うぉぉぉぉぉぉぉぉぉぉぉぉぉぉっ！！！！』』』』

入団希望者達とは逆に、セシル率いる騎士団は盛り上がりを見せる。

恒例行事というわけだから、ここにいる騎士団の面々は当然今までの入団試験をクリアした者達だ。

加えて、今回はする方ではなく見る方。だから彼らの中ではちょっとした催し物気分なのだろう。

「あ、あのっ！　入団試験って何をやるのでしょうか？」

おずおずと、ソフィアが手を挙げて質問を始める。

セシルは「いい質問だね♪」と、にっこりと笑みを浮かべた。

「その前に、紹介しとかなきゃいけない人がいるんだけど——って、噂をすればようやくお出ましだ！」

セシルが顔を入り口の方へと向ける。

それにつられるように、入団希望者達も一斉に視線を向ける。

そこにいたのは、艶やかな銀髪を靡《なび》かせる少女。

凛々《りり》しく、気品がありながらもどこか幼さの残る雰囲気に、可愛《かわい》らしく端整な顔立ち。

そんな少女を見た途端、入団希望者達は緊張から一変して戸惑い始めた。

どうしてこの人がここに？　誰かがそう言ったのを耳にする。

（おいおい、嘘《うそ》でしょ……）

それはアルヴィンも同じ。

何せ――

「ご紹介します！　我がアカデミーの騎士団の長……加えて、この国の第二王女でもある、リーゼロッテ・ラレリアですっ！」

この国の王族、その人だったのだから。

「もう……そういう紹介の仕方はやめてくださいと言ったではありませんか、セシル。恥ずかしいです」

「だって、リゼちゃんが遅れて来たんだから仕方ないじゃん！」

「単に講師の人に呼ばれていただけなのですが……」

そう言って、リーゼロッテは騒がしい友人にため息を吐《つ》く。

まさか騎士団の団長が第二王女だったとは。今まで確かに騎士団の団長については名前が公表されていなかった。

基本、表にはセシルとルイスが立ち、団長というのは不可思議な存在というのが入団希望者の認識。

だが、それにしても開けた宝箱が豪華すぎる。

「話は戻すけど、なんと入団試験は『団長に一撃当てる』こと！　言っておくけど――」

セシルはドッキリでも成功させた子供のような悪戯《いたずら》めいた笑みを、入団希望者に向けた。

「リゼちゃんは私よりも強いよ？　だから皆……気合いを入れて血反吐《ちへど》を吐きながら頑張ってね！」

人というのは、当たり前の話だが『目の前の情報』を強く事実だと決めつける傾向がある。

目の前の人間は王族とはいえ女の子である。一度そう認識してしまえば、相手は所詮女の子だと頭が断定してしまうのだ。

しかし、目の前の情報だけで判断してしまうのも仕方のないこと。

何せ、それ以上の判断材料がないのだから。

そして、入団希望者達の目の前に現れたリーゼロッテ・ラレリアという第二王女も同じであった。

社交界にもよく顔を出す。アカデミーに在籍していることも知っている。容姿も美しく、気品に溢れ、自分達とも年齢が近い。

だが、アカデミーの騎士団長？　セシルよりも強い？

そんな話聞いたことねぇよ。

それもそのはず……何せ、表沙汰は全て副団長に任せて名前すら公表していなかったのだから。

「ごほんっ、かなり個人的に恥ずかしい紹介のされ方でしたが……初めまして、ご存じかもしれませんがリーゼロッテ・ラレリアです。この騎士団の団長を務めさせていただいております」

知らなかった入団希望者が戸惑っている中、リーゼロッテは軽く頭を下げる。

「私からもようこそ、騎士団へ。こうして足を踏み入れようと希望していただいたこと、感謝しております。ですが、セシルからもお話があったように……未熟な者を騎士団へと加入させるわけにはいきません」

故に、と。リーゼロッテは腰に差した二本の木剣を抜く。

それだけで、訓練場に新しい緊張感が広まった。

合図と受け取ったのか、在籍している騎士団の面々がゆっくりとその場から距離を取る。

「本当はこのような入団試験は廃止したいのですが……伝統ということで仕方がありません。恒例行事ということもあるので、私も頑張ります」

ルールは簡単。ただ、リーゼロッテに一発当てればいい。

どんな方法を使っても大丈夫。拳であろうが投げた剣であろうが、体の一部に触れられればその生徒は入団を認められる。

「しかし、回復士《ヒーラー》の入団希望者もいるみたいですね」

「は、はいっ！」

名前ではないが、呼ばれたことにソフィアが上擦った声で返事をする。

リーゼロッテはセシルにアイコンタクトを送り、ソフィアを離れさせるように促した。

セシルから手招きを受けたソフィアはチラリとアルヴィンを一瞥《いちべつ》すると、トテトテと騎士見習いの場所へと向かう。

「ソフィアちゃんはこれから出てくる怪我人《けがにん》を無事治療できたら合格だよ～！」

「怪我人が出なかった場合は――――」

「あー、大丈夫大丈夫！　毎年必ず怪我人は出るからー」

帰りてぇ、と。セシルの言葉を聞いたアルヴィンは心の底から思った。

「では、時間ももったいないことですし、早速始めてしまいましょう」

入団希望者達が固唾《かたず》を呑《の》み、腰にある木剣を同じように抜く。

とはいえ、相手は一人だ。それも温室育ちのお姫様。

自分達も指南を受けてきてそれなりに実力もあるし、相手は騎士にしては珍しい女の子。

それも、この人数を一気に相手にするときた——楽勝じゃねぇか。そう、誰かが思った。

「一応ご忠告を。騎士団では年齢立場関係なく実力で上下関係が生まれます。つまり——」

しかし、それが慢心だと知るのは……たった数秒後である。

「私、こう見えても強いですからね」

そう口にした瞬間、リーゼロッテの体が消えた。

一体どこに？　そんな疑問が生まれた頃には、入団希望者の一人の視界に影が生まれる。

マズい、と。剣を構えた時には鳩尾《みぞおち》に重い衝撃が広がった。

「がはっ⁉」

「まず一人」

鳩尾に柄《つか》を撃ち込まれた入団希望者はそのまま地に伏せてしまう。

だが、それを確認することなくリーゼロッテは次の入団希望者の懐《ふところ》へと潜り込んでいた。

剣を振り下ろされようとも剣で弾《はじ》き、もう片方の剣で脇腹を撃つ。

流れるように、しかも目で追いきれない速度が一気に入団希望者に焦《あせ》りを生んだ。

どう対処する？　相手は女の子だぞ？　王女に剣を向けてもいいのか？

……いや、そんなことを言っている暇はない。

入団希望者達が一斉にリーゼロッテへと襲い掛かった。

数の利を生かそうとしているのだろう。しかし、それでもリーゼロッテは顔色一つ変えず的確に一人ずつ木剣を振るって倒していく。

（いやまぁ、確かに強いのは強いんだけど……姉さんと同じぐらいな気がするんだよなぁ）

その様子を、アルヴィンは突貫することなく見守っていた。

（でもこれ、ワンチャン僕も負けていいパターンじゃない？　実際に強いし、内定が決まってるとは言っていたけど、入団させる気なさそうだし）

実際、手加減をしているのかもしれない。

それでも、こうして容赦なく倒していくリーゼロッテを見ていると「加入させなくても最悪大丈夫」と思っているような気がした。

ならば、今後の自堕落ライフのために痛いのを我慢して負けるというのもアリなのでは

――


「アルく～ん！　負けたら今晩寝かさないからね～！」

観客席から姉の声援《きょうはく》が聞こえてくる。

「どっち⁉　情けないから夜通し訓練なのか、単純に僕の貞操の危機なのか、どっちなの姉さん⁉」

「………………（ポッ♡）」

「姉さァん⁉」

あの頬の染め具合を見るに恐らく後者だろう。あの姉なら十分やりかねないと、アルヴィンの背筋に悪寒《おかん》が走った。

アルヴィンの実力を知ってからますます脅しの頻度が増えたような気がする。

その時、リーゼロッテがちょうど八人目を倒し終えてしまった。

本当に合格者を出す気などさらさらないみたいだ。

リーゼロッテの持っている二本の木剣がアルヴィンへと向けられる。

そして、自慢の素早さによってすぐさまアルヴィンの眼前へとその端麗な容姿を見せた。

不意をついた。先程までと同じ、このまま剣を振り抜けば倒せる。

だが、目の前に何かが現れたのは……決してアルヴィンだけではない。

「……ぁ？」

リーゼロッテの視界にも首元を狙う何かが現れた。

「ッ⁉」

リーゼロッテは咄嗟《とっさ》に振り抜こうとした剣を首元に当てる。

その瞬間、首元と剣にずっしりとした衝撃があり鈍い音が響いた。

それがアルヴィンの振り抜かれた足によるものだと気がついたのは、そのあとすぐのことだ。

「ええ……今の止めるの？」

「驚きました……誰ですか、公爵家の面汚《つらよご》しだと仰《おっしゃ》ったのは？　私は別にサプライズなど期待はしていなかったのですが」

まさか、自分の速さについてこられたなんて。

油断していたわけではないが、予想外の反撃にリーゼロッテは思わず足を止めてしまった。

「さぁ？　事実なのでなんとも」

「流石《さすが》はセシルの弟ですね……しきりに目を輝かせながら自慢してくる理由が分かりました」

「王女様にまで姉の醜態がっ！」

両手で顔を覆って泣くアルヴィンを見て、リーゼロッテは笑う。

「恒例行事なのでつまらないものだと思っていましたが……存外、楽しめそうです」

そう言って、リーゼロッテは口元に笑みを浮かべたまま地を蹴った。

◆◆◆

『うぉぉぉぉぉぉぉぉっ！　すげぇぜ、二人共！』

『流石、俺達の団長《めがみ》！　強すぎる！』

『けど、アルヴィンさんも全然負けてねぇ！』

『きゃー！　アルくんかっこいいー！　お姉ちゃん、更に惚《ほ》れそうだよぉー！』

などといった盛り上がりを見せる騎士団の面々。

訓練場で繰り広げられるのは、団長であるリーゼロッテと公爵家の面汚しと馬鹿にされてきたアルヴィンとの激しい戦闘。

もはやギャラリーと化した騎士見習い達は興奮に包まれ、それぞれに声援を送り始めた。

そんな中、対峙《たいじ》しているリーゼロッテは冷静ではあれど内心驚いていた。

（素晴らしいですね……）

リーゼロッテの二本の木剣が同時にアルヴィンの首と胴体を襲う。

しかし、アルヴィンは表情こそ少し歪《ゆが》ませながらも身を屈《かが》め、木剣の側面を拳で叩《たた》くことによって難なく対処していく。

それで終わらず、リーゼロッテは身を捻《ひね》ることによってもう一度アルヴィンの胴体へと木剣を振るうが、こちらもアルヴィンは側面を叩いて弾くことで迎撃していた。

更には、弾いた傍《そば》から自分の懐に蹴りを放ってくる。これが攻め切れないもう一つの要因だ。

（セシルから聞かされた自慢話では、アルヴィン様は本来魔法士。にもかかわらず、体術のみでここまで対等に渡り合ってくるとは……）

リーゼロッテは騎士団のトップに立つほどの実力がある。

同年代ではそれこそセシルを凌《しの》いで敵などいないほど。余りある才能と鍛錬のおかげで向上してきた実力は、アカデミーの中でも随一だ。

まだまだ本気ではないとはいえ、アルヴィンは対等とでも言わんばかりに自分との戦闘を続けられているのには舌を巻かずにはいられない。

(あの時はセシルの自慢を身内の過剰評価と決めつけていましたが……なるほど、これでは認識を改めざるを得ませんね)

元王家直属の魔法士団副団長と騎士団団長の息子。

比類なき、異端の天才。

それがアルヴィン・アスタレアなのだと、リーゼロッテは認識する。

だから本気で行こう。

この時点で入団させても問題はないと思うが、せっかく対等に渡り合える人間に出会えたのだ。

興奮と相手に対する礼節がリーゼロッテのギアを上げた。

「僕の知ってる第二王女様じゃないみたいだ……ッ!」

「あら、幻滅されましたか?」

「そんなことは。ただ、ここまで本気にならなくてもいいのでは⁉　煌《きら》びやかなシャンデリアの下にいる方が絶対似合ってると思います!」

「ふふっ、恐らく私はこちらの方が性に合っていますので」

「ちくしょう！　なんで僕の周りの人間は肉体労働に勤勉なんだ！」

アルヴィンは木剣を弾いた瞬間、地面から無詠唱で氷の柱を生み出した。

（ついに魔法を出してきましたね……ッ！）

持ち前の反射神経で回避に成功したリーゼロッテは、先程まで詰めていた距離を離す。

それを好機と見たのか、アルヴィンは腕を振るった。

その瞬間、訓練場の端から巨大な氷の柱がリーゼロッテ目掛けて襲いかかってくる。

「レディーに対するプレゼントにしては大きい気がしますよ、アルヴィン様ッ！」

「プレゼントの大きさが愛情の大きさとも言うじゃないですか！」

迎撃はしない。

こんな巨大な氷の塊を壊そうとしてしまえば、木剣がすぐに壊れることになるだろう。

となれば回避。巨大な物体に対して回避できる場所など少ないが、この際仕方ない。

だが――

「対人戦闘だったら、絶対にここへ来るよね！」

回避した先に、アルヴィンが待ち構える。

転がって回避したリーゼロッテへ向かって、勢いよく足が振り抜かれる。

それを木剣で受ける。またしても地を転がってしまったが、この入団試験では一撃をもらいさえしなければ問題はない。

ただ、その隙をアルヴィンが見逃すわけもなく……足元一帯に氷の波が生まれた。

(容赦ないわね、アルヴィン……)

その様子を見ていたレイラは苦笑いを浮かべる。

手加減をしているかなど、レベルの高すぎる戦闘を見ただけでは分からない。あとでインタビューでもしなければ箱の中身など分からないだろう。

だが、躊躇《ちゅうちょ》という言葉が消えているような気はした。

そうでなければ、津波のように襲う氷の波を王女に向けたりはしないはずだ。

しかし――

(セシル様の近くにいるあなたなら感じたんでしょう?)

波を前にするリーゼロッテは笑っていた。

(剣術だけならセシル様と同じだって)

次の瞬間――

ツッッッッッッッッンンン!!!!

と、氷の波に一つの穴が生まれた。

辺りには水蒸気のような靄《もや》が立ち込め、遅れて胸を揺さぶる音が響いた。

「……おかしいとは思ってたんだ」

一方で、アルヴィンは開いた穴を見て頬を引き攣《つ》らせる。

そこから姿を現したのは、体中に揺らぐ炎を纏《まと》ったリーゼロッテ。

「剣だけ見たら姉さんの方が強いって思ったのに、姉さんより強いってことは……絶対他に何かあるってことだもんね」

「ふふっ、サプライズは成功しましたか？」

「わぁー、嬉《うれ》しー……別に必要だとは言ってないんだけどありがとうございます……」

アルヴィンと同類。

魔法士でありながらも、近接戦闘に長《た》けた存在。

それがリーゼロッテという第二王女なのだと、アルヴィンは今更ながらに痛感させられる。

「えぇい、怯《ひる》んでいられるか！　僕は負けられない理由があるんだッ！」

「具体的に、どのような理由なのでしょうか？」

「貞操の危機！」

「セシル……流石に弟君が可哀想《かわいそう》になってきましたよ」

肩をがっくりと落とすリーゼロッテに向かって、アルヴィンは肉薄する。

行うのは近接戦闘。足元からは氷の柱、手に氷の短剣を生み出し、首元を狙うためにアルヴィンは距離を詰めた。

その時――リーゼロッテはアルヴィンに向かって手を向けた。

「待ってください」

どうしたのか？　アルヴィンはいきなり制止を訴えたリーゼロッテに思わず足を止めてしまう。

「中止です」

「え、えーっと……」

「正座」

「はい？」

「そこに正座してください」

さて、ますますわけが分からない。

だが、首を傾《かし》げるアルヴィンにリーゼロッテは少しキツめに声を出した。

「正座！」

「はいっ！」

お淑《しと》やかな第二王女らしからぬ声に、アルヴィンは反射的に正座をする。

そして、正座したアルヴィンへと近づき、リーゼロッテはその額へとデコピンをした。

「その剣を使ってしまえば危ないではありませんか」

「へっ？」

「なんのために私が木剣を使ったと思っているんです？」

確かに、アルヴィンの生み出した剣は容易に相手に斬り付けられる。

刃のない木剣とは違い、殺傷能力は桁違いだろう。

アルヴィンは指摘されてようやく気がついた。

「熱くなってしまいましたが、あくまでこれは入団試験です。殺すための戦闘ではありません」

「う、うっす……」

「いいですか？　あなたは相当対人戦……それこそ、命のやり取りを積んできたのだろうことは相対していて分かりました。ですが、これは模擬です。命のやり取りをする相手が違います」

リーゼロッテがいきなり説教を始めたことに、ギャラリーであった騎士見習い達も思わず呆《ほう》けてしまう。

「そもそもですね、アルヴィン様は戦闘以外の状況判断というものが――」

「……こ、この終わり方は流石《さすが》に釈然としないッ！」

「聞きなさいっ」

「いえす、まむッッッ！！」

そんな光景を見て呆けていたギャラリーはようやく現実へと追いつき、ついには笑い始めていた。

せっかくあれだけの戦闘をしたのに、それを見て皆で盛り上がっていたのに、なんと締まらないオチであることか。

アルヴィンさんらしい。誰かが腹を抱えながら口にする。

そして、親しい仲であるレイラは額に手を当てた。

「なにやってんだか……」

――こうして、入団試験は釈然としない形で幕を閉じる。

ちなみに、リーゼロッテによる説教は三十分も続いた。

◆◆◆

結局、入団試験はリーゼロッテの説教で幕を閉じてしまった。

当然のことながら、一発も叩《たた》き込めなかった入団希望者は去ることになり、ソフィアは怪我人《けがにん》を無事に治療できたことから入団を認められた。

一方、説教をされただけで最終的に一撃を入れることもできなかったアルヴィンはどうなったのか?

『アルヴィン様、ですか? もちろん合格ですよ。むしろあなたがダメならここにいる全員が騎士団へと入る資格はないでしょう』

とのこと。

ありがたいようなありがたくないような。

アルヴィンは複雑な気持ちを味わいながらも、こうして騎士団の一員になることになった。

そして、アルヴィンはアカデミー初日を終えて帰宅。現在は疲れを癒《いや》すために公爵家の浴場にてゆっくりと湯船に浸《つ》かっていた。

「はふぅ……」

目まぐるしい一日だった。

おかげでいつも以上に疲れが溜《た》まっているような気がする。だからこうして温かい湯に浸かっている瞬間が至高だと思えるのだが、もう何もしたくないというのが素直な感想であった。

「ちかれたー」

大浴場の中には背中を洗ってくれる使用人もブラコンな騒がしい姉もいない。

湯気がたちこめ、視界が悪くなっているが音で一人だというのはしっかりと分かる。

（なんだかんだ、姉さんのせいで色んなことがあったなぁ）

初めはソフィアに出会い。

入学式では姉が弟自慢を始め。

初授業では姉が乱入して弟自慢を始め。

入団試験では姉の脅迫があって本気を出さざるを得なくて。

結論、全部姉さんが悪い。

（まったく、姉さんにも困ったものだよ……）

本来であれば陰口を叩かれながらも隅っこで寝て、帰ったら寝て食べて遊んで過ごすというサイクルだったのに。

今ではすっかり注目の的になってしまい、騎士団にも入団させられた。

公爵家の面汚《つらよご》しはどこに行ったのか？　アルヴィンは内心辟易《へきえき》としてしまう。

（そういえば、レイラが変なこと言ってたなぁ）

アルヴィンは湯船に浸かりながらふと、別れ際《ぎわ》のことを思い出す。

『最近、王都で人攫《ひとさら》いが増えているらしいの』

『へぇー……それって盗賊のしわざ？』

『そこまでは。今、王国の騎士団が捜査しているけど、目的や犯人は不明よ。妙な噂《うわさ》っていうのは、若い子供ばかりがいなくなって「神隠し」なんて言われている件ね』

子供を狙った人攫い。

その数は徐々に増えていき、未《いま》だに攫われた子供が姿を見せていない。

目的は不明、犯人も不明。故に妙な噂として広まっているのだが、発生場所は王都に限られていた。

（冷静に考えれば、犯人の拠点が王都にあるから。ぶっちゃけスルーしてもいいけどお隣が公爵領だし、見て見ぬふりっていうのもよろしくはない）

どうしようか。

アルヴィンが気持ちのいい微睡《まどろ》みが襲ってきた思考でふと考える。

その時だった――

「お姉ちゃんが来ましたっ！」

「帰れッ！」

――浴場にそんな声が響き渡ったのは。

「酷《ひど》いよアルくん！　私だって今日一日頑張って疲れているのに、お風呂《ふろ》に入っちゃダメとか酷いとは思いませんか⁉」

「そうじゃないよね⁉　酷いのは姉さんの頭と入ってくる時間だと思うなァ！　言ったよね、僕が先にお風呂に入るって！」

「うん、だから来た！」

「てめぇ、確信犯こんちくしょう！　少しは乙女的な恥じらいと常識を探してこいあほんだら！」

一人の時間が身内の乱入によって阻害される。

果たしてこの状況、どうするべきか？　姉弟とはいえ、相手は血が繋《つな》がっていない美少女。

その関係性が前提にある以上、色々マズいのは言わずもがな。

アルヴィンがこの状況の打破に思考を割いていると、いつの間にか体を流した少女がゆっくりと近づいてきた。

湯気の中から姿を現した女性の理想像のようなプロポーション。

艶やかな髪は頭の上で纏《まと》められ、上気し始めた頬がいつも以上に色っぽくさせている。

この姿を、世の男はどれだけ見たがるだろうか？　完璧な造形美。きっと、世の男共は感涙と興奮による鼻血を流すことだろう。

とはいえ、相手は姉であり身内だ。

そんな姿を見たところで、今更どうこう思うことも――――

「アルくん、鼻血が湯船に落ちちゃう」

「おっと」

しまった、興奮の鼻血が。

「な、何を考えているのさ姉さん……」

アルヴィンは姉をガン見しながら鼻血をタオルで拭う。

セシルはにっこりと笑うと、アルヴィンの横へとゆっくり腰を下ろした。

「えー、昔は一緒に入ってたじゃんー」

「いつの時代と世界線の話？　僕達はもう立派な大人なんだよ!?」

「それはつまり、いつでも結婚できるよっていうプロポーズ⁉」

「くそぅ！　会話のキャッチボールがそつなくこなせないっ！」

乙女の恥じらいも関係性すらも忘れてしまったセシル。

弟はさめざめと涙を流してしまう。

「でも、嬉《うれ》しいんでしょぉ～？　お姉ちゃんには分かるぞ！」

「ハッ！　何言ってるのさ、姉さん。僕達は姉弟だよ？　身内のバスタオル姿を見て喜ぶなんて――」

「さっきからお姉ちゃんの胸ばっかり見てる」

「ふっ……視線誘導が上手《うま》いね、姉さんは。マジシャンの才能もあるみたいだ」

「お姉ちゃん、何もしてないよ……？」

男だもの、仕方がない。

しかし、その反応を見逃さなかったセシルは目を輝かせ、アルヴィンへと抱き着く。

「むふふー！　お姉ちゃんはアルくんが興味を持ってくれて嬉しいぞー！」

「わ、わぁー、やめろー」

「あれ、棒読み？　やっぱりうれs」

「やめろぉぉぉぉぉぉぉぉぉぉぉぉぉぉぉぉぉぉぉぉぉッッッ！！！」

――そのあと、なんだかんだ二人は二十分ほど仲良く一緒にお風呂に入っていた。

使用人の話によると、そのあとの浴場にはいくつかの血溜まりがあったそうな。

回想～アルヴィンとセシル～


『今日から家族になるセシルだ。仲良くしろよ、アルヴィン？』

アルヴィンに新しい家族ができたのは五年前ぐらいのことだ。

父親が団長を務める騎士団で共に働いていた友人が戦地で亡《な》くなり、その娘を引き取ることから始まった。

どうやら、友人の最後のお願いだったらしい。

母親は早くして亡くなり、親戚は金を貪《むさぼ》るだけのクズ。そんな人間と一緒に暮らせばどうなるか？

アルヴィンの父親もそれは知っていたらしく、今回のことに至ったのだそう。

「セシルです！　今日からよろしくね、弟くん！」

初めの印象は「騒がしいやつだな」というものであった。

母親はおらず、唯一の肉親を失った。

にもかかわらず、明るく振る舞える姿は違和感しかない。

父親のことなどどうでもよかったのか？　感情の起伏があまりないのか？

そんなことを思ったが、その頃から自堕落な生活を望んでいたアルヴィンは「適当に過ごそう」と、セシルに関して大した関心を向けなかった。

――それから、セシルはことあるごとにアルヴィンに構った。

学業、剣術の鍛錬。それらの合間を縫って。

元々得意だった剣も公爵家に来て十分な指南を受け始め、目覚ましい成長を見せる。

才能があるというのは一目見れば分かった。恐らく、同年代ではほとんど敵はいないだろう。

しかし、驕《おご》る姿など一切見せない。

アルヴィンにも、新しい父親にも母親にも、使用人にも。

明るく、いつも笑顔ないい子。

そういう認識が広まった。

そのおかげで、アルヴィン以外はすぐにセシルを受け入れ、好感を寄せていった。

「アルくん、何してるの～？　一緒にどこかお出かけしない⁉」

「しない。邪魔しないで、セシルさん」

何故《なぜ》アルヴィンは好意を抱けないのか？

余所《よそ》者が家族になったから？　しょっちゅう構ってくるから？

違う、てめぇ家族死んだんだろ？　なんでそんなヘラヘラしていられる？

……そんな、子供みたいな理由だった。

でも、その認識が崩れたのはそれから一年後のことだった。

ある日、アルヴィンは寝付けず夜風に当たろうとふと外に出ようとした。

部屋にバルコニーはない。そのため一度外に出なくてはならなかった。

そして——

「ひっ、ぐ……お父さん……っ！」

庭のベンチにて、膝を抱えて泣いているセシルを見かけてしまった。

普段あんなに笑っている彼女が、今にも折れそうな姿と嗚咽《おえつ》を一人寂しく夜に沈めている。

（あぁ……そりゃそうだよね）

薄情なんかじゃない。

単に強がっていただけ。

考えてみれば当たり前のことじゃないか。

自分とさほど歳《とし》の変わらない女の子で、まだまだ子供だ。

そんな子供が両親を幼くして失って、新しい環境に放り込まれて飄々《ひょうひょう》と笑っていられるわけがない。

でも、笑っていないと新しい環境では淘汰《とうた》されてしまう可能性がある。

何せ、味方が誰一人としていないのだから。

アルヴィンの胸の内に罪悪感が込み上げてくる。

自分は優しい人間ではない。自堕落な生活を送りたいし、周囲がどうなろうと自分さえよければなんでもよかった。

でも、この時だけは――

「ふぇっ……アルくん……？」

アルヴィンは泣いているセシルの横へ腰を下ろす。

突如現れたアルヴィンに、セシルは驚くと目元の涙を慌てて拭った。

「ご、ごめんねっ！　お姉ちゃんいたら困るよね……あちゃー、情けないところ見せちゃったなぁ……」

今すぐどっか行くね、と。

セシルは溢《あふ》れる涙を拭ってその場から立ち上がろうとした。

だけど、アルヴィンは寸前でセシルの腕を摑《つか》む。

「いいよ、別に」

「え……？」

「姉さんの居場所はもう、ここなんだから」

アルヴィンは素っ気なくも、膝で頬杖《ほおづえ》をつく。

その姿を見て、セシルはおずおずと座り直した。

「ごめん、姉さんのこと知ろうとしなくて」

そもそも見る気がなかった。

薄情な野郎だと、軽蔑した視線さえ送っていた。だから鼻で笑われるぐらいの手のひら返しなのは自覚している。

それが申し訳なく、けれども素直に言えなくて、言葉とは裏腹に少し冷たく聞こえるぐらい低い声で口にした。

だけど――

「僕がいるから」

「…………っ！」

「これからは、僕が姉さんの傍《そば》にいるから」

その言葉はセシルにはどう聞こえたか？

セシルは呆《ほう》けた表情を一瞬だけ見せたものの、すぐさま再び涙を溢れさせた。

「いいの？　私、本当の家族じゃないよ……？」

「家族だよ、誰がなんと言おうと」

「で、でも――」

「でも、じゃない」

アルヴィンはセシルの頭を優しく撫《な》でた。

「姉さんはもう、僕達の家族だ」

それを受けて、セシルは口元を震わせながら小さく笑った。

触れれば崩れてしまいそうなほど、溢れる涙を堪《こら》えていた。

でも、決して無理矢理気を張っているからではない。

ただ、最後にこう言いたくて――

「そっ、かぁ……嬉しいなぁ、私に、味方がいたん、だ……ぁ……」

――この時からだと思う。

アルヴィンの意識が明確に変わったのは。

自分さえよければ……なんてことはない。

守りたい人ができた。

それが、心の奥底に楔《くさび》のように打ち込まれてしまった。

◆◆◆

(懐《なつ》かしい夢見たなぁ)

皆が寝静まってすぐのこと。

予定通りの時間に目を覚ましたアルヴィンは、少し感傷に浸ってしまった。

脳裏に浮かぶのは、懐かしい昔の記憶。

初めてセシルと出会って、それから自分の何かが変わった瞬間だ。

「ふへへ……アルくぅん……」

横からそんな声が聞こえてきた。

どうやら、いつの間にかまた自分のベッドへ潜り込んで来てしまったみたいだ。

(はぁ……ほんと、どうしてあれからこんなブラコンになったんだか)

アルヴィンは体を起こし、腕にくっ付いているセシルを起こさないように引き剝がす。

容姿が整っているのも困りものだ。身内とはいえ、こんな無防備な姿は目に毒、心臓に釘《くぎ》としか言いようがない。

とはいえ、この姉とも長い付き合いだ——仕方ないなと、どこかでそう思ってしまう。

（……さて、遅れないようにさっさと出ますか）

ベッドから下りると、クローゼットから外行きかつ動きやすい服を手に取った。

何故か自分のクローゼットの中にワンピースやらドレスやら女性ものの私服があったが、アルヴィンは苦笑いを浮かべながらも無視する。

着替え終え、今度は窓を開け放って窓枠に足をかけた。

「………………」

アルヴィンはチラリとセシルの無防備な寝顔を見る。

ふと、もう一度脳裏に昔の光景が浮かび上がった。

『そっ、かぁ……嬉《うれ》しいなぁ、私に、味方がいたん、だ……ぁ……』

だからか、アルヴィンは最後に小さく笑みを浮かべる。

「大丈夫、姉さんのことは僕が守るから」

そう呟《つぶや》き、アルヴィンは窓から外へと飛び降りた。

故に――

「知ってるもん……ばかっ」

頬を染めてシーツに顔を埋《うず》めるセシルの言葉は届かなかった。

部屋を飛び出したアルヴィンはそのまま公爵家の敷地《しきち》も抜けた。

ただ、門の付近や周囲には雇った警備の兵士がいるため、巡回の人間を警戒しながら柵を飛び越えて抜けたような形だ。

屋敷を出たアルヴィンはすぐに近くの路地へと姿を隠す。

そして、その路地を抜けると今度は小さな馬車が一台停《と》まっていた。

アルヴィンは数回馬車をノックすると、中を確認することなくドアを開けた。

「自堕落な人間にしては時間通りじゃない」

「自堕落な人間でも約束は守るもんだよ、今後の参考にしておいて」

馬車の中にいたのはレイラ。

どうやら、この馬車はレイラが用意していたものらしい。

それを知っていたアルヴィンは念のため羽織ってきた上着を脱ぐと、馬車に乗り込んで腰を下ろした。

そのタイミングに合わせて、馬車がゆっくりと動き出す。

「珍しいね、レイラが一緒に行こうだなんて。いっつもは情報を渡してくれるだけで終わってたのに」

「あなた一人で行かせたら、王都まで走っていくつもりだったでしょ？　事情を知っている私だからこそ馬車を用意できたんだから感謝してほしいわ」

「はいはい、ありがとー。可愛《かわい》い可愛い」

あーはっはっはー、と。

二人は同時に笑い始める。

「……最後の言葉には喜べないんだけど、どうしたらいいと思う？」

「とりあえず、僕の肩から手を離したらいいと思う」

油断も隙もなく伸びてきた腕をがっしりと掴むアルヴィン。

少しでも遅ければ、また肩関節が鬼門になるところであった。

「まぁ、あなたが失礼な人なのは今更だとして」

「おいコラ、こんなにも純粋無垢《じゅんすいむく》で礼儀正しいアルヴィンくんになんてこと──」

「所詮は噂《うわさ》になった事件よ？　探してもすぐに『神隠し』の犯人が見つかるとは思えないけど」

アルヴィン達が現在王都に向かっているのは、王都で度々発生する誘拐事件を探りに行くためだ。

原因、犯人不明の子供ばかりを狙った一件。

夜にこうして足を運んでいるのも、公爵家の人間に悟られないため。

露見してしまえば、すぐにアルヴィンは連れ戻されることになる。

「それはそれ、これはこれ。不安要素があったとなれば睡眠の妨げになる。知ってた？　質の悪い睡眠はお肌の大敵なんだ」

「単に誘拐された子達が心配になっただけのクセに」

「………………」

アルヴィンの表情が固まる。

「そ、それに公爵領と王都はお隣だからね！　いつ僕が襲われるかも分からな――」

「セシル様が誘拐されるかもしれないからでしょ？」

「違うわいっ！」

「必死に否定するところが更にあやしー」

顔を赤くして叫ぶアルヴィンを見て、レイラは思わず笑ってしまう。

なんだかんだ言って優しく、なんだかんだ言って姉のことを好いている。それは長い付き合いで理解しており、アルヴィンの実力と素性全てを知っているからこそ余計に可愛く映ってしまっておかしく見える。

「まったく……男は見栄《みえ》を張ってかっこいい姿を見せたいんだ。そんなんじゃもらい手がなくなるよ。せっかく美人なのにもったいない」

「あら、その時は責任取ってくれる？」

「腹を抱えて爆笑してやる」

　ぱきゃ♪

「……それで？」

「……僕の家督的に問題なさそうな時が来たら喜んで」

　ぶらぶら揺れる右腕を見て、アルヴィンは大人しく頭を下げる。

　これ以上何かを言えばファスナーすら下ろせなくなってしまいそうだ。

「そういえば、王国の騎士団の人達も捜索してるんだっけ？」

　アルヴィンが肩をはめ直しながら尋ねる。

「ええ、今はこっちに注力しているみたいよ。けど、犯人も誘拐された人間も見つからないから、私達がこうして影のヒーロー役にならなくてもそのうち別役でオファーが来ると思うわ」

「というと？」

「アカデミーの騎士団もこういう依頼を受けるのよ、人手が足りない時なんかに。だから時間の問題じゃないかしら」

なるほどね、と。

アルヴィンは馬車の窓枠に頬杖《ほおづえ》をつきながら口にする。

「今の話を聞くと、父さん達は盗賊やら闇商人達の仕業とかっていう線は考えてなさそうだね」

「攫《さら》って奴隷として売り出す……なんて線も初めは考えていたみたいだけど、攫われた人間は本当に子供ばかりなの。盗賊達が狙うんだったら、もう少し年齢の高い女性も攫うはずだわ」

「そうじゃないから、その線は消したのか。となったら、表に出てこないような人間が顔を出したってこと……」

「そうなるわね。王国の騎士団が見つけられないのも、その理由が大きいと思うわ」

けど、と。

レイラは口元を緩める。

「ただ、誘拐は王都が寝静まったあとに行われていることが分かったわ。しかも、家で寝ていたはずの子供が姿を消していて、決まって金髪の子が誘拐されている。あと、これは多分王国の騎士団も手に入れていない情報だと思うけど……誘拐された子供は決まって前日にある出店で買ったお菓子を食べていたらしいわ」

「……前から思っていたけどさ、そういう情報ってどうやって手に入れてくるの？」

「ふふっ、企業秘密♪　乙女は隠し事が多い方が魅力的でしょう？」

「ミステリアス路線を信じすぎじゃない？」

一端《いっぱし》の貴族令嬢がどうやって王国の騎士団ですら手に入れていない情報を手に入れているのか？

アルヴィンはミステリアスな女性を目《ま》の当たりにして頬を引き攣《つ》らせた。

「……それじゃ時間帯もぴったしなことだし、僕達は金髪の子供を中心に見張って出てくるのを待てばいいのか」

「王都に住んでいる金髪の子供の名前を作っておいたわ。出店については探ってみたけど……残念ながら、おかしなことに何も手がかりがなかったから、とりあえずそれでいいんじゃないかしら？」

「……ほんと、相棒さんは手際《てぎわ》がよくてご近所さんに自慢したくなっちゃうね」

レイラはその言葉を受けて、気持ちが少し高揚する。

目の前にいる少年に『相棒』だと言ってもらえたから。

頼りにされていると分かって、レイラは馬車に揺られながら思わず鼻歌を歌ってしまった。

王都に着いたアルヴィン達は、馬車を検問所の手前に停めて歩きで王都の中へと入っていった。

もちろん、検問箇所から子供が入ってしまおうものなら止められるのは必至。故に、アルヴィンは足元に氷の柱を生み出すことによって力業で王都を囲う外壁を越えた。

それからというもの、アルヴィン達は歩きで王都の各箇所を回っていた。

「うーん……今のところピックアップしてもらった子供は全員いるけど」

誘拐事件があったからか、王都には珍しく人影が異様に少なかった。

そんな中、とある家の屋根の上からアルヴィンは顔を出すようにして中を覗《のぞ》く。

窓越しに見えるすやすやと眠る子供の姿。金髪で幼く、誘拐された人間に共通する容姿だ。

アルヴィン達の当初の行動は「ピックアップした子供達の家を見て回ること」である。

犯人は今日現れるか分からない。どの子供が狙われるかも分からない。

それでも、居場所が分からない犯人を突き止めるには攫われる可能性のある候補者を洗い出すしか方法はなかった。

地道ではあるが、これしか選択肢がないため文句は言わない。

「攫われない方がいいんでしょうけどね」

「それはそうだ。攫われないに越したことはないし」

アルヴィンは窓から見える子供に向かって指を振った。

すると、小さな結晶が子供の頭上へと現れてゆっくり胸元へ落ちる。

「さっきから見ているけど、それって何をやっているのかしら?」

「印だよ。前に盗賊団の居場所を突き止めるために作った魔法なんだけど、意外と便利なんだ」

対象者が他者に触れることで魔法士に伝達する魔法。

寝ている間は他者に触れることなどあまりない。もし誘拐されるのであれば必ず誰かと接触するだろう。

そうなることによってアルヴィンに信号が送られる。

朝方に信号が送られればそれは家族との接触と考えられるため誘拐はなし、もし今のような時間帯に信号が送られれば誘拐された可能性が高い。

これがあれば「見て回ったあとに誘拐」なんてことを阻止できるため、アルヴィンは回ったそばから印をつけている。

今夜何もなければ明日もつければいい。印は一度信号を送ると消えるので手間ではあるが、行き違いになるよりはマシだと、アルヴィンは考えていた。

ちなみに、この魔法は盗賊を泳がせてアジトを突き止めるために編み出したものだ。

「へぇー、あなたってほんと器用ね。お裁縫とかも上手そう」

「こう見えて刺繍《ししゅう》は得意。週に一回、姉さんと作品発表会をしてる」

「仲がいいという発言以外思いつかないわ」

仲はいい。ただ片方の度がすぎるだけであって。

「でも、こんな地道な作業になるなら王国の騎士団と一緒にやれば早かったかもしれないわね。別に情報提供したって私はいいし」

「実は僕、秘密にしていたんだけど……実力バレアレルギーなんだ」

「じゃあ、もうアレルギーは出ちゃってるのね」

「アカデミーだけなら口止めをすればワンチャン……ッ!」

人の口には戸が立てられない。

それを果たしてこの男は気づいているのかしら？　レイラは必死そうな顔を見せるアル

ヴィンに苦笑いを浮かべた。

「さてと、次行きましょ。早く全員回って帰らないと、あなたのお姉さんが心配するわ」

「……朝起きて横に僕がいなかったら剣片手に飛び出すビジョンが見える」

「待ちなさい、あなた達一緒に寝ているの？」

「誤解だよ、あっちが勝手に僕のベッドに潜り込んできているってだけ。だから僕の肩に置いている手を離してほしいんだ」

ハイライトの消えた目で肩に手を置くレイラに、アルヴィンは首を振ってしっかりと否定する。

確かにいい歳《とし》した姉弟が一緒に寝るのはおかしいとは思うが、どうしてこの子は怖い顔をするんだろう、と。アルヴィンは疑問に思ってしまった。

「そういえば、ソフィアも金髪だよね」

アルヴィンがふと思い出したかのように口にする。

「そうね、それとセシル様も金髪」

「姉さんは強いし僕がいるから心配ないんだけど……ソフィアは心配だなぁ」

脳裏に思い浮かぶのは、可愛《かわい》らしくて眩《まぶ》しい笑顔がよく似合う女の子。

セシルとは違い、彼女は後方支援の回復士《ヒーラー》で、身を守る術《すべ》を持っていない。

もし攫われてしまえば、どんな目に遭わされるか想像しただけでも恐ろしい。

「まぁ、でもレイラの領地出身って言ってたし、王都にいなければ問題はな――」

「いるわよ?」

「いるの⁉」

レイラの言葉に思わず驚いてしまうアルヴィン。

一気に心配が増してしまう。

だけど、心配そうにするアルヴィンを見て「出店には行っていないから安心しなさい」とレイラが宥《なだ》める。

確かに、レイラから渡された攫われる可能性のある候補者のリストには名前がなかった。

それを急いで確認したアルヴィンは一気に安堵《あんど》する。

「今あの子、私が貸した家で暮らしているの」

「そりゃまたどうして?」

「私もたまにそっちの家に帰るからね。どうせだったら一緒に通いたいじゃない?」

「流石《さすが》は幼馴染《おさななじみ》」

「私も今日はそっちに帰ろうと思っているわ」

「あれ、僕は?」

突如一人にされたアルヴィンであった。

「ふふっ、冗談よ。ここ一週間は家でやることがあるから一緒に帰るわ」

「よかった……御者さんとの気まずい空気を味わわずにすんでよかった……」

連続して襲い掛かってくる安堵に、アルヴィンは胸を撫《な》で下ろす。

今日初めましての人と朝日が昇りそうな時間、ロマンチックに二人きりなのは、人見知りなシャイボーイには厳しいものがあった。

「とりあえず、心配しないでちょうだい。少なくとも知り合いは候補者に入っていないんだから」

「そうだね、それが救いだよ。だからといって、誰かが狙われている以上放ってはおけないけどね」

「……ほんと、あなたのそういうところは大好きよ」

そう言って、二人は寝静まった夜道を歩いて行く。

しばらくして候補者全員に印をつけたが——朝まで印が消えることはなかった。

◆◆◆

碌《ろく》に『神隠し』の真相に近づけないまま翌日を迎えてしまったアルヴィン。

夜に活動してしまったからか、瞼《まぶた》はこれ以上ないぐらいに重い。

アカデミーに通う前は陽《ひ》が昇ろうがお構いなしに寝られたのだが、今はそんなことを言ってもいられない。

加えて、騎士団には定期的に授業が始まる前の早朝訓練がある。

そのため、アルヴィンは頭が働かないまま訓練場に赴くことになった。

「…………」

「いやー、今日もいい天気だねー」

「あ、あの……」

「こういう日こそもう少し寝かしてくれたらなぁ」

「あの、アルヴィンさん……」

おずおずと、運動服に着替えたソフィアが尋ねてくる。

「どったの、ソフィア？」

「いえ……その……」

頭が中々働いていないアルヴィンの目にはチラチラ見てくるソフィアが天使のように映った。

現在、訓練場で全員が揃《そろ》うのを待っている状態。

ふぁぁっ、と。何もしていないからこそ余計にも欠伸《あくび》が零《こぼ》れてしまう。

そんなアルヴィンに向かって、ソフィアは――

「どうして寝間着なんですか……？」

そう言われて、アルヴィンは自分の服に視線を落とす。

確かに、ソフィアや他の騎士見習いとは違う服装だ。自分が寝た時と同じ服装なのは朧《おぼろ》げな意識でも理解できる。

「そんなの、起きたら訓練場だったからに決まってるじゃないか」

「訓練場で寝ていたんですか⁉」

話せばかなり短いのだが、起きないアルヴィンをセシルが前回と同じように馬車に乗せた。

途中で起きるかと思えば起きなかったので、仕方なく遅刻しないように訓練場まで運んだ。

これがアルヴィンの寝間着姿の真相である。

「ソフィアの心配は分かるよ」

「そ、そうですよね……あの、皆さんそろそろ集まってくるので着替え――」

「でも、ちょっとオシャレな寝間着だから恥ずかしくないと思うんだ」

「着ている場所が恥ずかしいとこなんですよ⁉」

誰も服装そのものに対する心配はしていない。

「アルく～ん！」

そんな時、訓練場の端で待っている二人の元へめいいっぱいの笑みを浮かべるセシルがやって来る。

両手には新品らしい運動着が抱えられており、アルヴィンの着替えだというのは容易に想像がついた。

「ダメだよ、アルくん。ちゃんと着替えないと？」

「仕方ないじゃん、起きたら訓練場の真ん中だったんだから」

「寝心地はどうだった？　お姉ちゃん、シーツまでしか運べなかったからアルくんの睡眠が心配です」

「枕も一緒に持ってきてくれたから問題はなかったよ」

「問題しかないような気がするんですけど……」

至極ごもっともである。

「それより、そろそろ始まっちゃうから着替えないと！　流石にその格好だとリゼちゃんに怒られちゃうから」

「おーけー、了解。脳裏にこの前の説教が蘇《よみがえ》ってきた」

「あ、お姉ちゃんも手伝ってあげ――」

「持ってきてくれただけで嬉《うれ》しいよありがとうっ！」

ズボンに手をかけようとしたセシルをすんでのところで制するアルヴィン。

この姉は油断も隙もないなと、アルヴィンは思った。

「と、ともかく僕は着替えてきますので……ッ！」

アルヴィンは名残惜しそうにするセシルから逃げるように訓練場を出る。

男子更衣室があってよかった。これほどまでに男女別がありがたいと思ったことはない。

すぐに更衣室に入り着替え終わると、もう一度訓練場へと戻る。

すると、視界の端に訓練場の周りを走り続ける騎士団の面々を見つけた。

アルヴィンは「出遅れた」と、急いでランニング中の面々に混ざるように走り始めた。

『きしだーん！』

『『『『ふぁい、おっ！　ふぁい、おっ！』』』』

『きしだーん！』

『『『『ふぁい、おっ！　ふぁい、おっ！』』』』

早朝訓練は時間が短いため、こなすスケジュールも比較的短時間でできるものだ。

ランニングから始まり、筋トレと素振り。授業が始まる二十分前までこれが続けられる。

今はランニングの時間。

セシルだけでなく、のちに合流したリーゼロッテと副団長であるルイスは、訓練場の入り口付近で何やら話し合っていた。恐らく今後の予定を組んでいるのだろう。

そんな様子を、かれこれ三十分は走り続けることになったアルヴィンは忌々《いまいま》しそうに睨《にら》んでいた。

「ど、どうして僕がこんなことを……ッ！　自堕落ライフにランニングは絶対不必要だと思うんだよねぇ、僕は！」

「ぜぇ……ぜぇ……頑張りましょう、アルヴィン、さん……」

「頑張って！　本当に頑張ってソフィア！」

アルヴィンは走りながら唇を噛《か》み締め、ソフィアは苦しそうに息を荒くする。

新入団員はそれぞれ別の意味で辛《つら》そうだ。

「そういえば、どうしてソフィアまで一緒に走ってるの？　回復士《ヒーラー》だし、別にいらないんじゃ？」

「回復士《ヒーラー》であっても体力は必要よ。万が一の時っていうのもあるし、うちはそこで分けることはしていないわ」

横を走るレイラがソフィアの体を支えながら答える。

後ろで結んだ赤髪と、首筋に滲《にじ》む汗がどことなく視線を惹《ひ》きつけてしまう。美人というのは心のオアシスだね、と。アルヴィンは横をチラチラ見ながら思った。

「ほら、ソフィア。あと十周あるから頑張って」

「ひゃ、ひゃい……」

そして、ソフィアもソフィアで一生懸命走る姿も可愛《かわい》らしいものだ。

上下に揺れる果実がこれまた支えてあげたいほどである。

『アルヴィンさん、次のかけ声はアルヴィンさんの番ですぜ！』

鼻の下を伸ばしているアルヴィンに、騎士見習いの一人が声をかけた。

「かけ声って？『きしだーん』とか言ってるやつ？」

「別に騎士団に固定する必要もないけど、やる気が出そうな言葉を代表して言えばいいわ」

「なるほど」

そういうことなら、と。

アルヴィンは大きく息を吸ってタイミングに合わせながら叫んだ。

「きょにゅーう！」

『『『パイ、乙！　パイ、乙ー！！！！』』』

「待ちなさい」

たった一声だけで待ったがかかってしまう。

「ふざけてんの？」

「ふざ、けて……は！　やる気……が……出る、っていうか……ら……だか、ら……こめかみを、握り潰そう……としないで……っ！」

はぁ、と。レイラはアルヴィンのこめかみから手を離してため息を吐《つ》く。

一方で、走ることに一生懸命なソフィアはセクハラかけ声など耳に届いていないようだ。

体力のなさが卑猥《ひわい》な言葉をガードしてくれたようで何よりである。

「次はちゃんとやりなさいよ」

「任せて」

今度こそと、アルヴィンは大きく息を吸ってもう一度タイミングに合わせて声を出す。

「ヤりた——」

「あァ？」

「ちがっ……今のは……まちっ、がえ……っ！」

失敗から何も学ばないアルヴィンであった。

「……次はちゃんとしなさいよ」

「次はちゃんとご期待に沿います」

こめかみが赤く充血しているアルヴィンは真面目な顔とサムズアップを見せる。

それを見ても、一向に安心できる気配がないのが不思議だ。

不安そうな顔をするレイラを余所《よそ》に、アルヴィンは大きな声を出した。

「モテたーい！」

『『『『マジで！　マジで！！！！』』』』

「イチャイチャしたーい！」

『『『『マジで！　マジで！！！！』』』』

どうしてここにいる面々はこういうやつばかりなのか？

数少ない女の子であるレイラは阿呆《あほう》な面々を見てもう一度大きなため息を吐いてしまった。

◆◆◆

『初めまして！　僕、ルーゼン伯爵家の次男で――』

『以前パーティーでお会いしたのを覚えていますか⁉』

『もしよかったら、一度我が家に――』

などなど。

早朝の訓練が終わり、いくつかの授業が終わったあとの小休憩にて。

アルヴィンは席の周りを色んな生徒に囲まれていた。

皆ようやくアルヴィンと話をしようと決めたのだろう。

今年の新入生の中には王家の人間はいない。実際、一番歳《とし》が近いのが第二王女であるリーゼロッテ。他にも王子や王女がいるものの、同級生の中にはいなかった。

四指に入る公爵家の人間も、同級生ではアルヴィンただ一人。

故に、実質的にはアルヴィンが家督こそ継いでいないものの学年単位では一番爵位の高い者であった。

以前、公爵家の面汚しという噂《うわさ》を消すほどの実力を見せた。動揺して距離を置くために接触が憚《はばか》られていたが、一日経《た》てばこの通りだ。

それが鬱陶しく、アルヴィンは窓の外を眺めるだけで完全無視をしていた。

「あの、アルヴィンさん……無視はよろしくないのではないでしょうか？」

隣の席に座って巻き込まれ事故を食っているソフィアが板挟みの状況に耐えられず口にする。

「いいのいいの、見えすいたゴマすりに付き合ってられないよ。朝の訓練で疲れてるんだ、僕は悠々自適な自堕落ライフを送りたいのに」

その言葉を聞いて、ソフィアだけでなく聞こえてしまった生徒達も言葉に詰まってしまった。

とはいえ、アルヴィンの言葉は事実だ。どこからどう見ても、綺麗《きれい》な手のひら返しである。

そんなあからさまな態度を見せつけられて、ご丁寧に対処してあげるほどアルヴィンは優しくないし友達に困ってもいない。

「っていうわけだから、ソフィアが怯《おび》えちゃう前にどっか行っt」

『あの、ならせめて今度お茶会に――』

「詳しい話を聞こう」

女子生徒の声にすぐさま反応するアルヴィン。

これもこれであからさまである。

「君、可愛いね？　お名前はなんて言うの？　もしよかったら、お茶会だけとは言わずに僕の家に来ない？」

『あ、あの……っ』

アルヴィンの猛アタックに、女子生徒は戸惑いをみせる。

そして――

「そうだ、その前にどっか二人でお出かけでも――」

「えいっ！」

「けぷっ」

……………アルヴィンの意識が途絶えた。

◆◆◆

「ん……あれ、ここは……？」

アルヴィンが次に目を覚ますと、視界には澄み切った青空が広がっていた。

「あっ、よかった……目が覚めたんですね！」

そして、青空を遮るように可愛らしい美少女の顔が現れた。

どうしてソフィアの顔が近くにあるんだろう？　この距離ならキスできちゃいそうだ。

なんてことが頭の中を支配する。

加えて、体に伝わるのはふかふかの芝生の感触に、頭に伝わる柔らかい人肌、それと

──

「僕は一体……っていうか、寝かされてる？」

「ごめんなさいっ！　頭を叩《たた》こうと思ったら間違えて首に当たっちゃって……」

首に残る痛みであった。

「珍しいね、ソフィアが人を殴るなんて。人はどうやら見ていても成長する生き物みたいだ」

「レイラさんに『アルヴィンが他の女にちょっかい出そうとしたら遠慮なく殴って』って言われていたので思わず鈍器で……」

「鈍器」

聞いてもどうしてそんな話と鈍器が出てきたのか理解ができなかった。

何故《なぜ》かという理由に頭を悩ませていると、申し訳なさそうな顔をしたソフィアが覗《のぞ》き込んでくる。

「あう……怒ってないんですか？　私、まさか気絶しちゃうほどだとは思わなくて」

「ははっ、何言ってるのさ！　こんなのこめかみを潰されたり身内から強引にキスを迫ら

れた時に比べたら優しい方だよ」

「私が言うのもなんですけど、怒った方がいいと思います」

意識を失わせてくれる分、まだ優しい方だ。

それよりも、先程から味わっている膝枕の多幸感の方が重要である。

アルヴィンはソフィアの太ももをスリスリしたい欲望を抑えながらも、とりあえず現状を把握するためにゆっくりと体を起こす。

すると、今度は視界に弁当箱を広げているレイラの姿が映った。

「出たな、犯人。純真無垢《じゅんしんむく》で心優しい天使ソフィアに暴力的膝枕を教えやがって。でもありがとう」

「節操を弁《わきま》えないだろうなって予想していたのだけど……まさか言ったその日にこうなるとは思ってなかったわ」

「こっちは悪びれてほしいんだけど⁉」

まったく反省の色を見せないのも珍しい。

「あなたも早くお昼を食べないと時間なくなっちゃうわよ？」

「はぁ、なんで僕の周りの女の子はソフィア以外ちゃんとした子がいないんだ……っていうか、もうお昼だったんだね」

気を失う前はまだ一つ授業が残っていたはずなのに、と。

アルヴィンはレイラから「はい、これ」と、渡された弁当を受け取って食べ始める。

「さり気なくレイラさんの弁当を食べてますけど……いいんですか？」

「え？ これって僕用に作ってくれたんだよね？」

「そうね、私の手作りだから喜びなさい」

「うわっ、ありがとう！ レイラの手料理ってうちの料理人が作るものよりも美味《おい》しいんだよね！」

「……お二人共、本当に仲がいいんですね」

ぷくーっと、ソフィアは頰を膨らませる。

それを見た二人は顔を寄せてヒソヒソと話し始めた。

「（やだあの子可愛《かわい》い。どうしてあんな顔になっちゃったの可愛い）」

「（可愛いのは同意ね、流石《さすが》は私のソフィアだわ。それと、あの姿は恐らく私達の仲のよさが羨ましかったんでしょ）」

「（やだ、ほんとに可愛い）」

思わずキュンときてしまうではないか。

アルヴィンは口元を押さえて可愛く頰を膨らませるソフィアを見てお目目を輝かせた。

その時――

「あら、皆さんお揃《そろ》いなのですね」

ふと、そんな声と共に芝生を踏む音が聞こえてくる。

視線を聞こえた方に向けると、そこには風に靡《なび》く銀髪を押さえるリーゼロッテの姿があった。

相変わらず美しい人だ。

こうして立っているだけでも目を奪われてしまいそうになるぐらい絵になっている。

「もしよかったら、私もご一緒してもよろしいでしょうか？　私もお昼、まだなんです」

「「「どうぞどうぞ」」」

そんなの、断れるわけがない。

アルヴィン達は口を揃えて快諾しリーゼロッテが座る空間を用意した。

「ありがとうございます」

どうして僕はお偉いさんとご飯を食べなきゃいけないんだろう？

自分もそのお偉いさんの一角であるはずのアルヴィンは首を傾《かし》げながらそんなことを思った。

（レイラのお弁当……美味しいなぁ）

爵位こそ子爵だが、使用人に任せず貴族の令嬢が自分でご飯を作るとは珍しい。

今まで何度か食べさせてもらったことはあるが、相変わらずの味である。

将来はいいお嫁さん候補だなと、アルヴィンは対面に座ったリーゼロッテをスルーしながら黙々と弁当を食べ続けた。

「リーゼロッテ様、本日はお日柄もよく……」

「ふふっ、そんなに畏《かしこ》まらなくても大丈夫ですよ。私、意外と堅苦しいのは苦手ですので」

「あぅ……そうですか」

どうしましょう？　そんな視線をソフィアから向けられるアルヴィン。

女の子に助けを求められたのであれば応えなければなるまい。

頬に詰め込んだサラダを飲み込むと、アルヴィンはようやく口を開いた。

「よろしくねっ、リゼちゃん☆」

ぱきゅ♪

「……よろしくお願いします、リーゼロッテ様」

「アルヴィン様も、そのように肩肘張らなくても構いませんよ」

その肩が張れないのだが、これは一体どういうことだろう？

アルヴィンは横に座るレイラを見て首を傾げた。

「流石に馴《な》れ馴れしすぎよ。かりにも、リーゼロッテ様は王女であり私達の団長なんだから」

「だって堅苦しいのが苦手、と。ほら、僕とレイラも家柄関係なくこんな感じでしょ？」

「私達は仲がいいもの」

「そうだね、肩を外して外されるぐらい仲がいい関係だったね」

基準が肩なのもこれまた面白い。

そんな二人のやり取りを見て、リーゼロッテは思わず笑ってしまう。

「お二人はとても仲がよろしいのですね」

「はいはいっ！　私も！　二人と仲がいいですっ！」

勢いよく手を挙げてアピールを始めるソフィア。

それがなんとも可愛らしく、見ていたアルヴィンはほっこりとしてしまった。

「あら、そうでしたか。入団してまだ二日ですが、良好な関係を築けているようで先輩としても安心しました」

「そういえば、どうしてリーゼロッテ様はここに一人でいるんですか？　王女様ですし、普通は媚《こ》びへつらう虫に囲まれているんじゃ……」

「アルヴィンさん、その言い方は『めっ！』ですよっ！」

「これは失敬。どうしても脳裏に気を失う前の光景が」

「私、あまりそういうのが好きではないんです」

リーゼロッテは弁当を広げながらそう口にする。

「お気持ちは分かるのですが、アカデミーにいる間ぐらいは普通の女の子でいたいのです。そういうことは卒業してから嫌というほど味わうでしょうから」

「お気持ちすっごく分かります」

「ですのでアルヴィン様達も知っている通り、私は団長の座についていることを公表していません。余計な肩書という飾りなど不必要です。なので、そういうことは全てセシルに一任しています。あの子は私よりも人に好かれる性格をしていますので、きっと今も色んな人に囲まれていると思いますよ？」

第二王女という立場上、仲良くなりたいと考える人間はごまんといる。

とはいえ、今のように学生でいる時までどうしてそんな堅苦しい思いを味わわなければならないのか？

リーゼロッテは常日頃そう思っており、申し訳ないが近寄る人間を自ら減らしていた。

その分、公爵令嬢であり副団長でもあるセシルにしわ寄せがいっているのだが、そこに関しては双方が納得しているので問題はない。

「へぇー、王女様も大変だね。いっそのこと、僕みたいに開き直って自堕落な生活を送ったらどうです？　その代わり面汚《つらよご》しって言われますけど」

「アルヴィンさんは面汚しなんかじゃないですよ？　凄《すご》い人ですっ！」

「ソフィアは優しいなぁ……」

「えへへっ」

アルヴィンに頭を撫《な》でられ、ソフィアは嬉《うれ》しそうにする。

まるで兄と妹だ。

「一度は憧れたことがありますね……ですが、流石に私もそこまで立場を嫌っているわけじゃないんですよ？　それに――」

リーゼロッテは意味深な笑みを浮かべる。

「どうにも、私はアルヴィン様の噂《うわさ》と事実が噛《か》み合っていないように思えます」

「いや、そんなことは――」

「私とサシで戦える人間が面汚しなどあり得ませんよ」

それはよっぽど自分に自信があるからか？

アカデミー最強とも呼ばれる少女は言葉を続けた。

「実力至上主義……など持ち出す気はありません。しかし、実力で多くが解決できるのは事実です。それ故、あなたのその才能は馬鹿にされるものではないでしょう」

「…………」

「それに、あなたはまだ本気を出していないように思えます。まだ私も手の内をすべて晒《さら》しているわけではありませんが、それだけでも十分ですよ」

あなたの力を目《ま》の当たりにするまで信じなかった私が言うことではありませんね、と。

リーゼロッテは苦笑いを浮かべる。

それを見て、アルヴィンは照れ臭いような面倒くさいような不思議な感覚を覚えてしまった。

「まぁ、この話はここら辺にしましょう。せっかく新入団員とレイラと一緒のお昼です。もっと明るい話を希望します」

「分かりました、ではスリーサイズを――――」

「潰しますよ？」

「どこであっても人体に影響を及ぼしそう……ッ！」

軽はずみな発言は命に関わりそうであった。

「そういえば、来週はセシルの誕生日ですね」

「……ハッ！　そうだった！」

アルヴィンはリーゼロッテの一言によって思わず立ち上がってしまう。

そんなアルヴィンを見て、レイラとソフィアは首を傾げた。

「どうかしたの、アルヴィン？」

「……二人共、僕から大事なお願いがあるんだけど」

「『大事な』が多いわね」

「よっぽど大事なことなんだと思います……っ！」

二人が固唾《かたず》を呑《の》んでアルヴィンを注視する。

そして、真剣に切り出したアルヴィンは二人に向かってこう言い放った――

「姉さんの誕生日プレゼントを一緒に選んでくれないでしょうか未《いま》だに選んでなくてピンチなんですッ！」

◆◆◆

セシルの誕生日が控えている。

ここ最近慌ただしかったため、そのことを失念してしまっていたアルヴィンは親しい二人にプレゼント選びを手伝ってもらうことになった。

何事も善は急げ。

そのため、二人にお願いして今日の訓練が終わり次第一緒に王都で探そうという話に至った。

いかにもついて来そうな姉は「ごめんね、今日は学園長に呼び出されてるんだ！」と、すぐさまアルヴィンの元を離れてくれたため助かった。

一応、サプライズという体裁なのだ。いつものように一緒に帰る羽目になればサプライズもクソもない。

「んー、久しぶりに王都に来たなぁー」

ぐぐっ、と。アルヴィンは背伸びをする。

視界に広がるのは、人で溢《あふ》れ返った街並み。出店がズラッと連なり、活気ある声が耳に響く。

レンガ造りの建物には服屋や宝石店といった少しお高めの店も姿を見せ、よりどりみどりを体現しているような景色だ。

アルヴィンの住む公爵領もそれなりに栄えてはいるものの、やはり王都には劣る。

何せ、この国の中心であるが故に商人が各地から集まってくるからだ。

「アカデミーも王都なんだし、いつも来ているじゃない」

「ちっちっち、観光っていう意味で言っただけだよ揚げ足を取るんじゃありません」

横に立つレイラがふぅん、と鼻を鳴らす。

「アルヴィンさん、まずはどこに行きましょうか！」

そして、その反対にはお目目を輝かせるソフィアの姿。

ありありと浮かれているというのが伝わってくる可愛《かわい》さであった。

「楽しそうだね、ソフィア。住んでいるんだし、そこまで目新しいものはないでしょ？」

「そんなことはありませんよ？　王都に住み始めたのはつい最近ですし、ゆっくり見て回る機会なんてありませんでしたから！」

「そうなんだね」

「それに、何故《なぜ》かレイラさんが外出させてくれませんし……」

「友人による軟禁という衝撃的事実発覚」

ソフィアが少しだけレイラに向かって頬を膨らませる。

それを見たレイラは「仕方ないじゃない」と肩を竦《すく》めた。

「最近物騒なのはあなた達も知ってるでしょ？　だからことが収まるまで外出は控えないとダメなのよ。ソフィアはただでさえ回復士《ヒーラー》で護身の術《すべ》を持っていないんだから」

「うぅ……そうなんですけど……」

「それに、あなた一人で歩かせたら迷子になるじゃない」

「なりませんよ⁉　私はもう子供じゃないんですから！」

「そう言って、あなた一人でアカデミーに行かせたあと……どうなったか覚えてる？」

どうなったのだろう？

アルヴィンは普通に気になって耳を傾ける。

「……衛兵さんにお世話になりました」

「検問所に呼ばれた私は少し恥ずかしかったわ」

案内されたわけじゃなくて保護されるとは。何故か聞いている方も恥ずかしくなった。

「ま、まぁ！　過ぎたことは忘れましょう！　今日はセシルさんのお誕生日プレゼントを買いに行くんですから！」

そう言って、羞恥で顔を真っ赤にしたソフィアが先を歩く。

迷子の話を聞いてしまったアルヴィンは「絶対に目を離さないようにしよう」と、密《ひそ》かに決意をしながらあとを追った。

「それにしても珍しいわね」

「何が？」

「あなたが自ら買いに行くなんて。アルヴィンだったら『面倒くさい』って言って使用人とかに任せそうなのに」

「姉さんは僕が直接選んだプレゼントじゃないとすこぶる機嫌が悪くなるんだ」

「……容易に想像がついてしまうわね」

だからこそアルヴィンが直接選んであげなければならない。

面倒くさいのは間違いないが、せっかくの誕生日に機嫌を悪くさせることもないだろうと、アルヴィンは毎年丁寧にプレゼントは選んでいる。

とはいえ、今回みたいに手伝ってもらうことはあるのだが。

「それと、できれば例の出店のことも調べられたらいいなって」

「あぁ、そういうこと」

レイラが仕入れた情報。

誘拐された子供は共通してとある出店のお菓子を食べたという話。

王都にいる子供が誘拐されたのであれば、王都にある出店をあたる方が可能性は高い。

夜中に動き回っていたアルヴィンだが、時間帯的に出店も畳まれてしまっていたので今回は探すには絶好の機会なのだ。

（それに、どうして出店で買ったお菓子を食べたって情報はあるのに、その出店の情報はないのか……）

もちろん、レイラがあえて隠しているとは思っていない。

考えられるのは「何かお菓子を買ったあとの子供を見た」と周囲が言ったから。

徒歩圏内で子供がお菓子を買う場合となれば出店しか考えられない。

つまり、そこまでしか情報が辿れず直接誰もその出店を見たことがないということ。

故に――――

「まぁ、そうそう見つかるとは思えないけどね……」

「やっぱり、一番は誘拐された子供のあとを追って探し出すことかしら？」

「地道だけど、誰も辿《たど》り着けない出店をこの中から探すのに比べたらマシだと思うよ。でも、それだと誰かが攫《さら》われてからって感じになるし……あんまり気乗りはしないかな」

「必要な犠牲って言葉があるわよ？」

「犠牲にしたくないから頑張ってるんじゃないか」

お優しいわね、と。レイラはにっこりと笑みを浮かべる。

そうは言いつつ、レイラも手伝ってくれるのだ。優しいというのはレイラも一緒だと、アルヴィンは思っている。

「ところで、アルヴィンさんはどんなものをプレゼントしようと思っているんですか？」

何も知らないソフィアが後ろを振り返って尋ねる。

「うーん……ぶっちゃけ決めてないんだよねぇ」

「そういうことなら、私にいい案があるわ」

「おぉ、流石《さすが》は頼れる相棒さん！」

即答で案を持ち出したレイラにアルヴィンは瞳を輝かせる。

そして、レイラはそんな期待の瞳を向けられながら自慢気に口にした。

「まずは、プレゼント用のリボンを買うの」

「うんうん」

「それで、アルヴィンに巻いて」

「ふむふむ」

「そのままセシル様に渡すの」

「貴様……よりによってその禁忌《プレゼント》に手を出すかッ！」

確かに大歓迎で大喜びしてくれそうだけれども。

その際、家庭内で大きな亀裂が入り一人の少年が犠牲になる恐れがある。

「でも、セシルさんだったらアルヴィンさんが選んでくれたものであればなんでも喜びそうな気がしますね」

「確かに……去年下着をプレゼントした時も喜ばれたね」

「ちなみに選んでんのよ」

「ちなみに大層喜ばれた」

「私、最近セシルさんが分からなくなってきました……」

冗談半分で渡したその日に選んだ下着姿でベッドに来たことは黙っておこうと、アルヴィンは思った。

「だから今年は無難なものでいこうと思うんだ」

「そ、そうした方がいいですっ！」

「なら、さっさとどこかお店に入りましょ。道草食うのも、こんな場所じゃなくてもいいでしょうし」

そう言って、三人は王都の人混みの中を歩いていった。

何を選ぼうかな、と。そんなことを考えながら足を進めていると、とある服飾店を見つける。

気になり先にその店に入ったアルヴィンを追いかけるようにして、レイラとソフィアも入店。

皆それぞれが店内を興味深そうに見渡し、アルヴィンは口を開いた——

「去年は下着だったから、今度は水着を贈ろうと考えたんだけど」

「とりあえず死になさい」

「だったら今年も下着を……ッ！」

「どうして布面積の少ないものを求めるんですか⁉」

店内にあるのはアルヴィンが必死に語っている下着や水着から、社交場に着ていくようなドレスまで多種多様。

ショーケースと棚に飾られている服はどれも高級そうという言葉しか出てこない。

俗に言う貴族御用達《ごようたし》のお店であった。

「ですが、私のような人間がこのような場所に入ってもいいんでしょうか……？　どれも全てお高そうですし」

ソフィアがきょろきょろと居心地が悪そうに店内を見渡す。

高級店ということもあって客も少ない。こうして見て歩きながら買い物をする客は珍しいのだろう。

何せ大抵は店の人間にオーダーして、個別に服を見繕うのだから。

しかし今回は『アルヴィンが自ら選ぶ』というところが主であるため、店の人間には一回断りを入れさせてもらって店の中を見て回ることにした。

「いいのいいの、客であればどこにいたって場違いじゃないんだし。なんだったら好きなの買っていいよ」

「ふぇっ⁉」

「驚かなくても、僕はこれでも一応公爵家の人間だよ？　だから今日のお礼ってことで」

そう言うが、ソフィアは首を必死に大きく横に振って断ろうとする。

平民であるソフィアにとってはこのような高級なものは手にするだけで恐れ多いのだろう。

一着高いものを買った程度でアルヴィンの財布はまったく痛まないのだが、ソフィアはそういう問題ではないみたいだ。

「そういう反応は予想していたよ――――っていうわけで、レイラ」

「任せてちょうだい。ソフィアに似合う服を選んでおくわ」

「そしたら僕が責任を持って購入する」

「責任なんて持たなくてもいいですからね⁉」

逆にこれぐらいはさせてほしいと、アルヴィンは彼の胸をポカポカと殴り始めるソフィアを無視するのであった。

「レイラも、好きなの買っていいよ。いつもお世話になってるしね」

「わ、私はその……ありがたいけど、できたらあなたに選んでほしいわ」

ソフィアとは違い、レイラはアルヴィンのお礼を受け取る気があるみたいだ。

とはいえ、頬を赤らめて少しモジモジしている姿を見るに別の側面も求めているようであるが。

「うーん……僕、あんまりセンスないよ？」

「べ、別にあなたが選んでくれたものならなんでも……」

「下着なら自信があるんだけど」

「流石にそれをプレゼントされたら反応に困るわ」

嫌悪《けんお》感を示さないだけでも十分偉いと思われる。

「まぁ、二人のプレゼントはあとにするとして……まずは姉さんのプレゼントだね。アクセサリー類はいっぱい今まであげたし、今年は服にしようと決めたんだけど……」

服といっても色々種類がある。

それは店内を見回せば分かるもので、この中からセシルに似合う服を選ぶとなるとかなり骨が折れそうであった。

アルヴィンは近くにあるショーケースを見て「うーん」と一人唸《うな》る。

「セシルさんは綺麗《きれい》ですし、なんでも似合いそうですっ！」

「っていうより、そもそも服を買うのはいいとしてサイズは分かるの？　ぶかぶかとか小さかったりしたら困るんじゃない？」

「任せて、姉さんは身長１５９㎝、体重は49kg、バストは80㎝、ウエストは――」

「どうしてそこまで知ってるのよ？」

「ち、がっ……目は、グーで、なん……ども、潰すもの……じゃ……！」

目は何であっても潰すものではない。

「アルヴィンさん、これなんかいかがでしょうっ！」

アルヴィンが目を殴られている間に、ソフィアが近くにあった白いワンピースを手に取って見せてきた。

「ふむ……姉さんは黙っていれば気品もお淑《しと》やかさもある。ならば清楚《せいそ》な一面を惜しみなく発揮するのであれば間違いのない一品だ。綺麗な金髪はさながら月と雪を連想させるぐらい白とよく合うだろう。手にいっぱいの花束、バックにひまわり畑というシチュエーションが容易に想像できるぐらい姉さんなら絵になるに違いない」

「あなた、本当にセシル様のことが好きよね」

「そんなことはない」

レイラのジト目が向けられる。

それでもアルヴィンはワンピースを凝視するぐらい吟味に集中していた。

「せっかくなら、ドレスに装飾品をあしらってみてはどうかしら？　セシル様なら社交場に何度も顔を出すし、パーティー用でもお茶会用でも貴族のご令嬢だったら喜ぶはずよ」

そう言って、今度はレイラが近くに飾ってあった黒の装飾をあしらったドレスを向けてきた。

これもまた、アルヴィンは顎に手を当てて吟味を始める。

「なるほどね、いいチョイスだ。姉さんは普段の明るくて可愛《かわい》い姿とは裏腹に大人びた容姿をしている。深みのある黒はそれを最大限に活《い》かしてくれるはず。加えて、お茶目心のある装飾もいいポイントだね。これなら普段見せる明るい笑顔と相まっていいギャップが生まれる。さながら美姫《びき》にも天使にも生まれ変われる魔法のドレスだ。美しくも可愛い姉さんのためにあるドレスと言っても過言じゃない」

「ふふっ、アルヴィンさんはやっぱりお姉さんのことが大好きなんですね」

「そんなことはない」

口ではそんなことを言いながらも、真剣に選ぶアルヴィン。

その姿はどこからどう見ても姉のことが大好きな弟そのものであり、姉のために一生懸命になっているとしか言えないもの。

本当に好きでないのなら、こんなに考えずとも適当に買えばいい。

そうじゃないのなら、つまり――

（アルヴィン（さん）って、本当に可愛い……）

素直じゃないなと、レイラとソフィアはアルヴィンを微笑《ほほえ》ましい瞳で見守るのであった。

結局、アルヴィンは二人から薦められたドレスとワンピースを購入することにした。

長いこと悩んでいたが、よくよく考えれば二着買って二着プレゼントすればいい。

金なら日頃だらけているだけで使っていなかったのでたんまりあるのだ。今更自分のことで散財することもない。

加えて、レイラとソフィアの服も購入することに決めた。

もちろん、必死に遠慮をしていたソフィアのはレイラが、頬を赤らめていたレイラの分はアルヴィンがしっかりと選んだ。

そして、気がつけば日はすっかりと落ちてしまっていた。

出店も軒並み店を畳み始め、歩いていた時に見た喧噪《けんそう》はいつの間にか消えてなくなっている。

「それじゃ、僕は選んだ服を買ってくるから」

「あなた、帰りはどうするの？」

「時間になったらうちの馬車が来る予定だよ。そっちは？」

「ソフィアと私はこのまま王都にある家に帰るから馬車は必要ないわ」

「そりゃそうか」

夜も遅いので送ってあげよう……などと考えたが、ここで「送るよ」などと言ってしまえば遠慮される恐れがある。

何せ、王都に親の家があるとはいえ、帰るのは公爵領。一番遠いのはアルヴィンだ。

それに、二人いれば安心である。レイラは自衛の術《すべ》を持っているし、家もすぐそこだ。

過剰な心配は相手を困らせるだけであった。

「こういう時、何か瞬間移動の術があれば安心できるし、いいんだけど……」

「あるにはあるけど、それって禁術じゃなかったっけ？」

「ふぇっ？　禁術ってなんですか？」

瞼《まぶた》が重くなり始めたのか、ようやくソフィアが会話に入ってくる。

「禁術っていうのは、大陸全土で禁止されている魔法のことだよ。強力で強大、利便性に長《た》けている。術にもよるけど、地形を簡単に変形させたり、今言った通り物体を別の場所へ瞬時に飛ばす魔法があるんだ」

「へぇー、それは凄《すご》いですね……あれ？　だったらどうして禁止されているんですか？」

「禁術は総じて魔法を扱う際に代償が生まれるからね。自分だったり他者だったり。だから禁術が広まっていた大昔では軒並み魔法士が死んだって話だ。人体のどこかが消えたり、他者を一生蝕《むしば》ませたりとか、色々な代償で」

いまでは大陸全体の各国で禁止され消えてなくなったものではあるが、大昔には禁術こそ魔法だと言わしめる時代があった。

しかし、それも長くは続かない。

何せ、あまねく全ての魔法士に代償が訪れ、その身と他者の身を滅ぼしていったのだから。

それを危険視したからこそ、昔の権力者は禁術を文字通り禁じられた術として使用を認めないことにしたのだ。

「お、恐ろしいものなんですね……」

「今じゃ文献程度にしか残ってないよ。そもそも、禁術なんて本当にあるのかって話だし。だからソフィアが知らないのも無理はない」

「魔法士であるあなたでもそう思うのね」

「魔法士だからこそ、だよ。考えれば考えるほど、文献に残っている禁術なんてとても扱える代物じゃないんだ」

ソフィアはゴクリと息を呑《の》む。

そんなものがあっただなんて、魔法士なのに知らなかった。

少しだけ想像してしまい、思わず背筋が凍ってしまう。

「ま、こんな話なんかしても意味ないし、そろそろ帰らないとね。僕はこれからお金払ってくるから、先に帰っていていいよ」

「私も、ちょっとだけ人と話してくるわ」

「え、誰？　男？」

「嫉妬しなくても、出店のことについて別で調べてくれていたうちの部下よ」

「し、ししししししてないけども⁉　えぇ！」

アルヴィンは逃げるように店の中へと戻ってしまう。

そして、レイラもソフィアに「少しだけここで待っていてちょうだい」と言い残し、その場を離れてしまった。

ポツンと残されたのは、事情を知らないソフィア一人。

（あぅ……皆さんいなくなってしまいました）

しょんぼりと、どこか寂しそうな様子を見せるソフィア。

アルヴィンもレイラも、すぐに戻ってくるだろう。ただ、異様な静けさに包まれた夜に一人残されるというのは、人を不安がらせてしまうものだ。

――そんな時だった。

「お嬢ちゃん、お嬢ちゃん」

ふと、背後から声がかかった。

振り向くと、そこにはポツンと小さな出店が一つ出ていて、ローブを羽織った人影が自分に向かって手招きをしていた。

はて、あんなところに出店なんかあったっけ？

そんなことを思いながら、ソフィアはトテトテと手招きされた出店へと足を運んだ。

「どうかされたんですか？」

「いや、ちょうど商品が余ってしまってね。もしよかったらお嬢ちゃんにもらってほしかったんだ」

そう言って、ローブの人間は包装された小さなクッキーの袋を手渡してきた。

確かに、この時間ならもう誰も購入しないだろう。売れ残っているのであれば悲しいことに商品を捨てなければならないかもしれない。

それに、とても美味《おい》しそうだ。

「いいんですか？」

「いいんだよ、お代もいらない。すぐに腐ることもないだろうが、ボクだけじゃ食べきれず捨てることになる。それだったら誰かに食べてもらった方が嬉《うれ》しいな」

「そういうことなら、ありがたくちょうだいします！」

ソフィアは思いがけずもらったクッキーを大事そうにポケットへとしまった。

そして、ソフィアは大きく頭を下げると出店に背を向ける。レイラから「ここで待っていて」と言われたのだ。あまり離れるわけにはいかない、と。

でも、少し気になってもう一度出店の方を振り向いた。

「あ、あれ……？」

しかし、出店もローブの人間の姿も、もうどこにもない。

ポケットには、ちゃんと美味しそうなクッキーの入った小袋の感触があるというのに。

◆◆◆

——その翌日。

「ふぁあっ……眠い」

「夜更《よふ》かしでもしてたんですか、アルヴィンさん？」

「……眠たいわね」

「レイラさんもなんて、珍しいですね」

共有事項があると言われながら、早朝訓練前に並ぶアルヴィン達。

ソフィアが心配そうにするが、列に並んでいるアルヴィンとレイラは欠伸《あくび》が隠し切れなかった。

「(昨日も収穫なしっていうのは中々堪《こた》えるよね……)」

「(王国の騎士団ですら摑《つか》めていないんだから当たり前ではあるんだけれど……確かに堪えるわね)」

堪えるのは眠たさの方面でだ。

昨日もアルヴィンとレイラは深夜に王都へと戻り『神隠し』の犯人を追っていた。

しかし昨日も誘拐事件など起こらず、ただの無駄足に終わってしまった。

被害が出ないのはいいことだ。それでも被害に遭った人間が戻ってきてはいないので、このまま有耶無耶《うやむや》にするわけにはいかない。

ままならない状況が続き、二人は辟易《へきえき》としながらも欠伸を噛《か》み殺す。

その時であった。

副団長と団長が訓練場へと顔を出した。

そして、皆の前に立つと団長であるリーゼロッテが大声を出す。

「注目！」

皆の視線が一斉に集まる。

それを受けて、リーゼロッテは口を開いた。

「この度、アカデミーより依頼が発せられました。内容は最近王都で頻発している『神隠し』についてです」

ついに来たか、と。アルヴィンもレイラも眠気を飛ばして耳を傾ける。

「現在、王国騎士団が全霊を以て対応しています。しかし、一件は未《いま》だに解決せず。大掛かりな捜査が必要となってきました。そこで、我々アカデミー所属の騎士団も捜索に参加します」

「基本は王国騎士団の下について捜索を始める形だ。今までとは違い、単独でこなす依頼ではないためいつも以上に気を抜くことは許されない」

真面目なルイスらしい一言だ。

王国の騎士団は言わば騎士見習いである自分達にとっての憧れであり、分かりやすく言えば上司のようなものだ。

　そこにはアルヴィンの父親のように騎士見習いとは違って爵位を賜った当主もいる。

　粗相がないように釘《くぎ》を刺すのは当たり前かもしれない。

「明日より、我々は『神隠し』の捜査に赴きます。それに伴い、まずはいくつか班分けを私の方で行いました」

　そう言って、班を分けられて決まったメンバーは以下の通り。

・リーゼロッテ班　アルヴィン、レイラ、その他騎士見習い
・ルイス班　その他騎士見習い
・セシル班　ソフィア、その他騎士見習い

「異議あり！」

　セシルが横にいるリーゼロッテに異議を申し立てる。

　とりあえず、言わずとも言いたいことは分かった。

「どうして私とアルくんが一緒じゃないの⁉」

　だが言った。

「あなたがそのような態度だからですが、何か？」

「これじゃあ、私とアルくんが王都デートできないじゃん！」

「それが正しく理由の一つなのですが……」

このままブラコンはルイスの言ったことをもう忘れているようであった。

このまま要求を呑めば、セシルは任務と並行して弟とのデートを楽しんでしまうだろう。

リーゼロッテは頬を膨らませて抗議を始めるセシルを見て頭を押さえる。

「今度、リーゼロッテ様に頭痛薬でも差し上げよう。とびっきり効くやつ」

「身内の不始末はきっちりと拭わないといけないものね」

「あははは……」

普段は頼りがいがあって優しい憧れの人なのに、どうして弟が絡《から》むとあぁも威厳が消えるのか。

ソフィアとレイラは思わず苦笑いが隠し切れなかった。

「それにしても、姉さんと同じ班じゃなかったのはよかったとして……レイラと一緒なのは僥倖《ぎょうこう》だね」

「こっちの方でも色々と探れるし、情報共有もしやすい。やっぱり、情報を仕入れるなら現場が一番だもの」

「やっぱり、レイラって情報屋だと思うんだ」

「どこにでもいる貴族のご令嬢よ」

そうかな、と。

アルヴィンはにっこり笑う。

「私が情報を仕入れるのはあなたのため。アルヴィンが必要としなければ、私はそもそもこんなことはしない」

笑っているアルヴィンに向かって、レイラは顔を向けずにさも当たり前のように口にする。

「それは、昔助けた僕への恩義？」

「違うわね、意地よ。あなたの相棒で居続けるための、ね」

アルヴィンは浮かべていた笑みを小さくする。

けれども、その笑みは先程にも増して深いものでり、心底喜んでいるのだと窺《うかが》える。

そのやり取りを横で聞いていたソフィアはふと首を傾《かし》げた。

そして、こっそりとレイラに耳打ちを始める。

「レイラさんは、アルヴィンさんのお隣に立ちたいんですか？」

「えぇ、そうね……アルヴィンにはお姉さんがいるから。セシル様に並ぶには、この席じやないとダメなのよ」

どうしてそこまでその席にこだわっているのか？

なんとなくだけれども、薄《う》っすらソフィアは把握する。

しかし、それも表面上のものなのだろうとソフィアは思った。

何せ、ソフィアは二人の間に何があったかなど分からないのだから。

「にしても、今回は面倒くさいって言わないのね。最近は随分と勤勉になってきたじゃない」

「困っている人を見捨てるほど、僕は落ちぶれちゃいないよ」

「だけど？」

「普段は落ちぶらせてもらう」

「カッコつけるなら最後までカッコつけなさいよ、ばかっ」

だけど、それはきっと悪いものじゃないはずだ。

羨ましいと思うと同時に、ソフィアは笑い合う二人を見て微笑《ほほえ》ましい瞳を向けるのであった。

◆◆◆

アカデミーに所属する騎士団には一つの免除事項が与えられている。

それは任務の際に『授業は受けなくてもいい』というものだ。

放課後や休日を返上した程度で行える依頼など少ない。かといって、アカデミーの騎士団は王国にとって痒《かゆ》い所に手が届くような存在であり、依頼を断らせることもしたくない。

そこで王家がアカデミーに交渉をし、任務の際には授業免除という制度を作ったのだ。

そのため、翌日を迎えたアルヴィン達は授業を受けずに制服のまま王都へと繰り出していた——

「王国騎士団第二部隊隊長、ロックス・アーマンだ！　今回はアカデミーに所属する騎士見習いの諸君の助力、感謝する！」

王都の検問所の一つ。

そこで、班分けされたアルヴィン達に向かって屈強な体躯《たいく》をした男が大声で叫ぶ。

王国騎士団は、全部で五つの部隊に分けられる。

単純明快で、それぞれ数字の若い部隊ほど出世していると言われており、その腕前も数字に比例するのだとか。

余談であるが、アルヴィンの父親は第一部隊の隊長の座におり、王国随一の騎士だとも言われていたりする。

『ば、馬鹿な……女がいない、だとッ⁉』

『年上美人が密《ひそ》かに憧れだったのに……ッ！』

『俺、第二部隊にだけは所属したくねぇぜ。遅いけど』

今回上につく部隊の面々を見て、耳を傾けるどころか落ち込み始める騎士見習い達。

将来しっかり騎士になれるか心配である。

「授業免除っていうのがいいよね。体動かすのは嫌だけどさ、そこだけ高評価ポイントのいいねを差し上げる」

「こら、アルヴィン」

小言で口にするアルヴィンの脇腹を肘で小突くレイラ。

アルヴィン関連以外ではまとも枠な彼女はどうやらちゃんとしていたいそうだ。

「依頼についてはリーゼロッテ様から話を受けただろうが、今回君達にしていただきたいのは聞き込み調査だ」

その言葉に、アルヴィンは「妥当だよね」と頷《うなず》いた。

騎士見習いはそもそも王国騎士団に比べて戦力にならない。一般人に比べれば多少はという面こそあるが、積極的に表に出すくらいなら目の前に立っている自分達が剣を握る。

しかも、今回に至っては『神隠し』と呼ばれる誘拐事件だ。

まだ犯人の素性はおろか犯行方法すらも摑《つか》めていないのだから、範囲と人員を広げて市民から話を聞くところから始めなければならない。

恐らく、第二部隊の面々も今日は聞き込みのみを行うだろう。

「それにしても、本当に第一部隊が担当じゃなくてよかった……」

「どうして？」

「父さんにバレちゃう可能性があるからね……ッ！　何も起こらないと思うけどさ！　フラグじゃないよ！」

もし戦闘になることでもあれば手を抜くわけにはいかない。

そうなれば、自《おの》ずと自分の実力を見せてしまう恐れがある。

まだアルヴィンはセシルに口止めをして両親に何も言っていない状態。実力の件が広まるのはアカデミーのごく一部だけでいいのだ。

両親にバレてしまおうものなら、絶対に実力を活かせと言って自堕落な生活をやめさせ《い》るだろう。

「ふふっ、そうだと思いまして第一部隊から外しました」

レイラとは反対側の横にいるリーゼロッテが小さく笑う。

加えて、その表情は大人びた彼女にしては珍しく子供のような可愛《かわい》らしいものであった。

「流石《さすが》です、リーゼロッテ様！　一生ついて行きます！」

「あら、それは遠回しのプロポーズでしょうか？」

「あ？」

「やめてよ、レイラ。今のは誤解だし、こんな公衆の面前で左肩を嵌《は》め直すのってちょっと恥ずかしいんだから」

恥ずかしいという問題ではないような気がするのだが。

「第二部隊の捜索範囲は南部及び西部の一部だ。聞き込みをする際、分かっているとは思うが市民の不安を煽《あお》らないよう注意しろ！」

そんなヒソヒソとしたやり取りは届いていないのか、ロックスは言葉を続けた。

新参者であり、夜な夜な一人で活動していたアルヴィンに「煽らない」という匙加減《さじかげん》がイマイチピンとこない。

そのため、アルヴィンは「レイラについて行こ」と、人任せなことを考え始めた。

「にしても、結構大規模に動いてるんだね……あれでしょ？　今回は王国騎士団の部隊が三つも動いてるんでしょ？」

「そうですね、王城を警備する第三を除いて一と二、四の部隊が捜索に当たっております。ですので、もしかしたらアルヴィン様のお父様にもお会いしてしまうかもしれません」

「踵《きびす》を返してしまいそうなこと言わないでくださいよ、リーゼロッテ様……本気で逃げますよ？」

「では、私も本気で捕まえましょう。その際、アルヴィン様の実力が周囲に露見してしまうかもしれませんが」

「……退路が塞がれてるって分かってますよやりますよもぉ」

そもそもサボる気はなかったのだが、改めて退路を塞がれて拗《す》ねるように唇を尖《とが》らせるアルヴィン。

その表情が不覚にも可愛いなと、レイラとリーゼロッテは胸を高鳴らせてしまった。

「此度《こたび》の犯行は王国の若き芽を潰す行為だ！　我々がいる以上、民には幸せな生活を送ってもらう必要がある！　そのためには、必ずや誘拐された子供達を連れ戻し、犯人には然《しか》るべき裁きを受けさせなければならん！」

ロックスは叫ぶ。

それに合わせて、王国騎士や騎士見習いも「はいっ！」と大声で気合いを入れた。

アルヴィン達も、締めの言葉が始まって気を引き締める。

「何かあればすぐに報告するように！　では、諸君——王国の安寧のためにも、尽力するように！　以上！」

ロックスはそう言ってこの場を綺麗《きれい》に纏《まと》めるのであった。

◆◆◆

『すまないねぇ、わしは子供達とはあまり親しくなくての。騎士様達がほしそうな情報はわからんのじゃ』

王国騎士団の下について聞き込み調査が始まった。

初めこそ関係のありそうな人間——それこそ、誘拐された人間の家族やら知人やら、ご近所の人間やら。

それでもめぼしい情報は見つからず、今に至ってはまったく関係のない人間にまで声をかけることになってしまった。

「あぅ……そうですか。ご協力、ありがとうございました」

ソフィアは女性にペコリと頭を下げる。

アルヴィン達とは違い第四騎士団の下についたソフィア達は、現在東部一帯を捜索していた。

怪しい箇所を見つけるのは王国騎士団が中心となり、ソフィア達アカデミーの騎士団は主に聞き込みをする。

それが何時間も続き、めぼしい情報が見つからないのは中々に堪《こた》えてしまうものだ。

ソフィアも、初めにあった元気がいつの間にかなくなっている。

「ソフィアちゃん、そっちはどうだった～？」

一緒に行動していたセシルが小さく手を振って駆け寄ってくる。

「ごめんなさい、またダメでした……」

「あははー、仕方ないよ……って言っちゃダメなんだろうけど、実際に王国騎士団が探し続けても未《いま》だに見つかってないんだもん。あんまり気落ちしちゃダメだよ？」

セシルが励ますようにソフィアの頭を優しく撫《な》でる。

それを受けて、少しだけ元気を取り戻したソフィア。年上で、実際にアルヴィンという弟がいるからか、ソフィアには優しい瞳を向けてくれるセシルが自分の姉のように映った。

どこかレイラとも似ているな、などとも同時に思う。

「そ、そうですよねっ！　ここでめげちゃ誘拐された子供達を助けることはできませんもんね！」

「おー！　その意気だー！」

「早く子供達を見つけましょうっ！」

「え？　早くアルくんとデートしよう？」

「言ってないです」

でもやっぱりレイラさんとは違います、と。ソフィアは思った。

「ぐぬぬ……！　早く誘拐事件を解決してアルくんとイチャイチャせねば！」

「あははは……」

セシルの弟愛に、ソフィアは頰を引き攣《つ》らせる。

優しい人だというのは分かるが、どうにも動機が変な方向に向いているような気がしなくもない。

「でも、不思議なのは不思議なんだよねぇ」

セシルは頰を叩《たた》いて気合いを入れると、ふとそんなことを言い始めた。

「『神隠し』のことですよね？」

「そうそう、どうして金髪の子供ばっかり狙うのかなーって」

確かに言われてみればそうだ。

奴隷として売ろうとするのであればもう少し年齢の高い若人《わこうど》を狙った方が確実に儲《もう》かる。

どうして子供に限定するのか？　それも、髪が金色の子供だけを。

何かしらの事件を解決する時、犯人の犯行理由から考えることも少なくない。

これだけ手がかりが見つからないのであればその考えから逆算して手がかりを見つけたいのだが、今回に限ってはいかんせん理由に皆目見当がつかない。

「今思えば、私達も金髪」

「あ、そういえばそうです⁉　ど、どどどどどどどうしましょう⁉　今気づきましたっ！」

「私はアルくんも一緒だから大丈夫だとして……ソフィアちゃんは危ないよねぇ。今度からレイラちゃんに一緒にいてくれるようお願いしたら？」

「あぅ……申し訳ないですけど、そうします」

「危ない目に遭うかもしれないんだもん、レイラちゃんだって嫌だって言わないよ！」

レイラがソフィアを好いているというのは仲がいい姿を見れば分かる。

友人が危ない目に遭う可能性もあるのに、見て見ぬふりはしないだろう。セシルは不安がるソフィアにまたしても頭を撫でて励ました。

「それに、誘拐方法も分からないので警戒しようがないですもんね……」

「寝静まった時に子供達が誘拐される。でも、家の人が誰も気づかない方法ってある？　魔法もそんなに便利じゃないし、窓から狙っても誰かしら気づくはずなんだよ」

最近は『神隠し』の事件を受けて王国騎士団が市民に『夜間の外出禁止』を命じている。

加えて、王国騎士団も衛兵も夜中の巡回は強化しているし、子供一人を抱えて市中を移動すれば誰かしらから目撃情報が生まれるはず。

しかし、未だにそのような情報はない——一体どんな方法で子供達を攫っているのか？

セシルは分からず、腕を組んで頭を悩ませ続けた。

「時間が経《た》てば経つほど子供達が危なくなるし、早く見つけてあげないと……」

うーん、と。しばし眉間に皺《しわ》を寄せるセシル。

その姿を見て、ソフィアは懐《ふところ》からクッキーの入った袋を取り出した。

「わ、私は馬鹿なのであまりお力添えはできませんが……もしよかったらお一ついかがですか？　甘いものは頭の回転を速くさせるって聞いたことがあります！」

「え、いいの？」

「はいっ！　先日王都の出店でいただいたのですが、すっごく美味《おい》しかったです！」

ソフィアの笑顔を見て、セシルは袋から一つだけクッキーを手に取った。

そしてまるまる一つを一口で頬張ると、すぐに目を輝かせ始める。

「ん～～っ！　美味しぃ～！」

「ですよね！　本当にすっごく美味しいんです！」

「今度アルくんと一緒に食べる用で買おうかなぁ？　アルくんも喜びそうだし！」

「ふふっ、では頑張らないとですね！」

二人の顔に笑みが浮かぶ。

気落ちした表情はもう一切見せない。誘拐された子供達のためにも頑張らなければ。

そう思い、二人は再び聞き込み調査を続けるのであった。


『知らねぇーよ、兄ちゃん。俺は今いそがしーんだから話しかけてくんじゃねぇ』

一方で、アルヴィン達はそれぞれ南部の方で聞き込み調査を始めていた。

とりあえず、どこで情報が手に入るか分からないため色んな人に接触する。

しかし、未だにめぼしい情報は摑《つか》めていなかった。目の前にいるボールを持った小さな男の子も、首を横に振って冷たい視線を向けている。

「そっか、忙しいのに聞いちゃってごめんね」

『まったくだ、帰れ！』

「お忙しいところ申し訳ございません。もし、何かあれば教えてくださいね」

『姉ちゃん！　俺、気になることあった！　暇だから教えてやるよ！』

「離して、レイラ！　僕はこの子に階級社会と目上の人に対する礼儀を教えてやらなきゃいけないんだッ！」

「見苦しいから子供相手に怒らないの」

見事な態度の違いを受けて、剣を抜こうとしたアルヴィンをレイラが制する。

どうやら小さな男の子はリーゼロッテの美しさに忙しさを忘れたらしい。

「そう、だね……僕は子供相手に冷静さを失っていたみたいだ」

アルヴィンはレイラの言葉を受け、そっと彼女に摑まれていた襟首を直す。

「今時の平民は不敬罪とか知らないのかっていうぐらい失礼だったけど」

「あなたが親しみやすい人間だって証拠なのよ」

「だから僕ももう少しだけ大人になることにする」

憤《いきどお》っていた瞳から優しい瞳へと変わる。

そうだ、相手はほんの小さな子供なのだ。世界の広さも、世間の厳しさも知らない無邪気な未来ある若人。

こういう時こそ、年上の人間がおおらかな心を持って接してあげるべき。

アルヴィンは心の中で己を戒めると、もう一度少年に向き直った。

「それで、気になったことって何かな？」

『うるせぇーぞ、カス』

「その手を離すんだ！　これはもう許容できる不敬を超えているッ！」

「はいはい、そうね」

「世間の常識よりも先に道徳について教えてやるッッッ！！！」

貴族うんちゃらかんちゃらよりも、真っ先に道徳を学べと剣を抜いて言いたいアルヴィンであった。

「あまりアルヴィン様をからかわないでくださいね、この人はうちの大切な団員なのです」

『うぃ！』

憤っている間、リーゼロッテが代表して笑みを浮かべると、少年は元気のいい返事を返した。

結局、どの世界に行っても男は女に対して素直になれる生き物であるようだ。

「お聞きしたいのですが、その気になることというのは一体なんでしょうか？」

『あのなー、俺の知り合い……というか、嫌いな奴《やつ》がこの前いなくなったんだけどなー、その前になんか「お菓子もらったー」って自慢してきたんだ！』

その言葉を受けて、憤っていたアルヴィンとそれを阻止していたレイラの眉が微《かす》かに反応する。

そして、リーゼロッテ達に聞こえないよう耳打ちを始めた。

「（これって……）」

「（十中八九、例の出店のことでしょうね）」

レイラが仕入れてきた情報。

そこには共通して、攫われた子供達が出店で手に入れたお菓子を食べたという点があった。

今の話を聞く限り、レイラが仕入れた情報と合致する。間違いではなかったのだろう。

だが、その情報をまだレイラは王国騎士団と共有していない。

そのため、リーゼロッテは「なるほど」と小さく頷《うなず》いた。

「その出店のお名前とか特徴とか分かりますか？」

『いや、知らねぇー。俺ももらえるかなーって思って探したんだけど、見つかんねぇんだもん！』

これも事前に手に入れた情報通りだ。

レイラの部下も聞き込みをしたが、攫われた子供がどんな出店で手に入れたのかが分からない。

それは大人だけでなく同い歳《どし》である子供達も同じなようだ。

「(ってことは、僕達が闇雲に探してもやっぱり見つからないだろうね)」

「(となると、やっぱり誰かが攫われたあとに追うしかないみたい)」

「(けど、それだと――――)」

「(ええ、必ず誰かが攫われなくちゃならなくなるわ)」

アルヴィンは小さく唇を噛《か》み締める。

このまま捜査が難航すれば、恐らく犯人は犯行を繰り返すことになるだろう。

それならば、この先の被害増大を許すより最小限の被害で見つける方がいいのかもしれない。

ただ、アルヴィンはその小さな被害をも許容したくなかった。

だからこそ、アルヴィンは歯痒《はがゆ》い様子を見せているのだろう。

「(私が囮《おとり》になればいいんだけど……)」

「(嫌だよ、レイラが危ない目に遭うじゃないか。それに、多分僕達は今の流れからすると攫われることはない）」

アルヴィンもレイラも、子供と呼ばれる年齢ではあるが髪の色が明確に違う。

このまま条件通り犯行が行われるのであれば、二人は攫われる対象にはならない。

それに、囮を考えるのであればまず『出店で手に入れたお菓子を食べる』という条件を満たさないといけない。

しかし、その出店が分からないのであればその条件すらも満たせないのだ。

「ありがとうございます。有益な情報提供、感謝いたします」

そうこうしていると、リーゼロッテは少年から離れて二人の元に近づく。

「第二部隊のところに戻りましょう。恐らく、この情報は手がかりぐらいにはなるはずです」

そう言って、リーゼロッテは先へ進む。

アルヴィンは己の頬を叩《たた》いて気合いを入れ直すと、後ろをついて行った。

「あんまり気負うんじゃないわよ？」

「分かってるよ。歯痒いのは確かだけどね」

どうせ一人の力には限度があるんだから、と。

アルヴィンはレイラの心配に笑顔で答えた。

――結局、この日も また目新しい手掛かりもなく一日が終わってしまった。

◆◆◆

その日が終わり。

現地集合現地解散になってしまったアルヴィンはガタガタと公爵家の所有する馬車に揺られていた。

もちろん、公爵家の馬車ということもあって中にはセシルの姿がある。

「疲れた……」

「ふふっ、お疲れアルくん」

げっそりと背もたれにもたれかかるアルヴィン。

その様子からはありありと疲労が伝わってしまい、セシルは思わず笑ってしまう。

「引き籠《こも》り推奨の僕にはハードだよ……これなら授業中に羊を数えていた方が楽……」

「そりゃ、寝てるだけだからね」

とはいえ、アルヴィンが疲れるのも無理はない。

何せ日中は聞き込み調査で歩き続け、夜中は『神隠し』の一件で動き回っているのだから。逆に勤労とも言えよう。

自堕落な生活はどこに行ってしまったのか？　アルヴィンはセシルに実力が露見してしまった日のことを恨む。

いや、そもそもセシルの弟自慢が暴走しなければ騎士団に入ることもなかったのだ——

「……恨むぞ、姉さん」

「いきなり恨まれちゃったんだけど、もしかしてアルくんは本当にお疲れさんかな？」

「お疲れさんです」

「お疲れさんでしたか」

可愛《かわい》いなぁ、と。ぐったりするアルヴィンを見て口元が綻《ほころ》んでしまう。

セシルも、アルヴィンが本当に疲れているというのは理解している。今日一日動きまくったから……などという理由ではない。

(アルくんが毎日夜に何かしてるのは知ってるよ)

こっそり夜中にどこかへ出掛けている。何をしに行っているかまでは分からないが、大好きな睡眠を削ってまで何かをしているのだ。

それはアルヴィンにとって大切なことであり誰かのためなのだと、優しい弟を知っているセシルは感じている。

だからこの疲労も無理はない。

セシルは対面に座るアルヴィンへ自分の横の座席を叩くことで隣に座るように促した。

「アルくん、お姉ちゃんは横に座ってほしいです」

「……身の危険を感じるからお断りだ。僕は今までの経験上、横に座ると唇が物理的に塞がれるというのを知っている」

「横に座らないと、お姉ちゃんは情熱的なキスをします」

「座る前から唇の危険⁉」

どの選択をしても八方塞がりであった。

「いいからいいから♪」

「はぁ……僕のファーストキスは身内で固定の未来なのかなぁ？」

アルヴィンはため息を吐《つ》きながらも、しぶしぶセシルの横に腰を下ろす。

すると――

「えいっ」

「は？」

セシルがいきなりアルヴィンの頭を摑《つか》んでそのまま自分の膝の上へと乗せてきた。

いきなりのことで、アルヴィンは思わず疑問符が口から飛び出てしまう。

「く、唇が奪われるかと戦々恐々《せんせんきょうきょう》としてたのに……まさかの膝枕？　ふっ、姉さんもやるね」

「アルくんお疲れみたいだからね。お姉ちゃんは労《いたわ》ってあげたいのです」

「ふぁりがふぁ」

「……流石《さすが》のお姉ちゃんも太股《ふともも》に顔を埋《うず》められるのは恥ずかしいです」

嫌という割には姉の太股を堪能《たんのう》したいアルヴィン。

度し難《がた》い変態なのかもしれない。

「まぁ、アルくんは本当に頑張ってくれてるよ」

顔を横に向けてくれたアルヴィンの頭をそっと優しく撫《な》でるセシル。

その時の瞳は優しく、柔らかくて安心させるような表情が浮かんでいた。

だからか、アルヴィンも戸惑いを消して身を委ね始めてしまう。

「……といっても、何も進展してないけどね」

お菓子を食べたという情報は王国騎士団内で共有はされた。

ただ、それで事件の真相に近づけたかと言われれば否《いな》である。元より、レイラのおかげでその情報はすでに知っていたし、王国騎士団や周辺の人間ですら出店を見つけられないのなら得ても進むことはない。

頑張っても結果が出ないと意味がない。

そう思っているからこそ、アルヴィンはどこか悔しそうに呟《つぶや》いた。

「大丈夫、大丈夫。努力はいつか報われるから」

「それって希望論の励ましだよね？　努力しなくても結果を出す人間の方が多いっていうのは大人になるにつれて理解していくものなんだけど」

「うーん……一理あるけど、お姉ちゃん的にはそうは思わないかな？」

「それまたどうして？」

「頑張っている人を傍《そば》で見てるから」

セシルはアルヴィンの顔を真《ま》っ直《す》ぐに見つめる。

どうしてそんな熱の籠った瞳を向けてくるのか？　アルヴィンは疑問に思ったが、少し気恥ずかしくなって顔を逸《そ》らしてしまう。

「そういえば、今日ソフィアちゃんと話したんだけど……お姉ちゃんもソフィアちゃんも、金髪なんだよね」

「へぇー」

「軽い!?」

金髪＝狙われてしまうという構図を口にしても素っ気なく返すアルヴィンにセシルは驚く。

熱のある視線は一気に霧散してしまった。

「薄情だぞ、アルくん！　お姉ちゃんもソフィアちゃんも狙われるかもしれないんだぞぉー！　こんなに可愛い将来の伴侶とソフィアちゃんが危ない目に遭ってもいいのかうがー！」

「ソフィアは確かに心配だけど、これからしばらくはレイラも一緒にいるって話だし、とりあえずは安心してる」

「お姉ちゃんは⁉　お姉ちゃんは心配じゃないの⁉　なんかアルくんがいじわるで冷たくなっちゃったんだけどお姉ちゃん泣きそう……」

しくしく、と。セシルは目元を拭う仕草を見せる。

それを見ても、アルヴィンの表情は何一つ変わらない。

しかし——

「心配なんかするわけないじゃん」

「姉さんを守るのは僕だ。何があっても、あの日の約束を違《たが》えることは絶対にしない」

さも当たり前のように口にするアルヴィン。

心配なんかしない。心配したところで何も変わらないし、ただ一つ『セシルを守る』ことを守れるのであればそれでいい。

だからこそ夜中に『神隠し』の犯人を追っていたし、今までも盗賊や色々なものをこっそり倒してきた。

もちろん、危険な目に遭わせてしまうかもしれない。

それでもアルヴィンは命に代えても守り切ると誓っているし、そんな目に遭わせないよう努力している。

正直に言おう。

もしもがあれば、アルヴィンは心配する。

けど、心配などしたくない。

(そんなことになるんだったら、僕は……)

アルヴィンはそう思い、ふとセシルの方に顔を向ける。

すると――

「あ……っ、いや、ちょっとこっち見ちゃダメ……」

そこには茹《ゆ》でだこのように赤く染まったセシルの顔があった。

いつものおちゃらけて積極的なセシルらしくない。珍しくもうぶで可愛らしい反応を見せている。

「どうしたの？」

「な、なんでもないから……！　しばらくこっちを見ちゃダメっ！」

そう言って、アルヴィンの顔を車窓の方へと押さえつける。

一体何があったというのか？　アルヴィンは疑問に思いつつも、言われるがままに外の景色を眺め始めた。

（……でもまぁ、一応印だけはつけておこうかな）

どうせ今日も僕のベッドに潜り込んでくるし、と。

アルヴィンはそんなことを思いながら馬車に揺られ続けた。

「いきなりかっこいいこと言わないでよ、もぅ……分かってるもん」

だが、この次の日――

◆◆◆

セシルはアルヴィンの前から姿を消した。

目を開けると、そこにセシルの姿はなかった。

シーツごと馬車に運ばれているわけでもない。

夜中、アルヴィンが王都から帰ってきた時はまだベッドで寝ていたはずだったのだ。

それが、どうして目が覚めたら横に彼女の姿がない？

使用人に話を聞いた。

もしかしたら先んじてアカデミーに行っているのではないかと。

だが、誰も朝からセシルの姿は見ていないという。

……おかしい。そう思った頃には、アルヴィンの足は動いていた。

（考えられるとしたら『神隠し』に姉さんが遭ってしまったこと）

馬車に揺られながら、アルヴィンは今までに見たことのない形相で考え込む。

（だけど、前提としておかしな部分もある……）

まず一つは『どうやって攫《さら》われたのか？』ということ。

アルヴィンが王都に出掛けている間に攫われた？　いや、戻ってきた時は彼女の姿はもちろんあった。

また潜り込んできたなと、ため息を吐《つ》いたのを覚えている。

ということは、攫われたのはアルヴィンが横で寝ていた時だ。

それに自分が気づかないか？　確かに馬車にシーツごと運ばれた時は目を覚まさなかったが、それが第三者によるものであったら確実に目を覚ます自負がある。

何せ、敵意に敏感だから。

それは今まで一人で戦ってきた時にしっかりと培《つちか》ってきた。

（二つ目は『いつお菓子を食べたのか？』ってこと）

ただ、これればかりは分からない。

アルヴィンもセシルと四六時中一緒にいたわけじゃないから。

もし食べたとすれば、きっと昨日の聞き込み調査の時だろう。

そして最後――セシルがいた場所は公爵家だったというところだ。

今まで共通していたのは王都に住んでいる金髪の子供ということ。

もちろん、今までの条件が当て嵌《は》まるかなど犯行動機が分からない以上確信は持てない。

ただ、どうしてここで終わってしまった？　なんで今更条件を変えてくる？

不可解だ。

不可解で吐き気がする。

（それに、昨日の夜につけた印が消えていない……）

印が消えていないということは、まだセシルは第三者に接触していないのだろう。

攫われたのにもかかわらず誰とも接触していないなどということがあり得るのか？

ますます疑問が広がっていく。

――そうこうしているうちに、アルヴィンを運んでいた馬車がアカデミーへと到着した。

アルヴィンは馬車から降りると、真っ先に訓練場へと向かう。

もし『神隠し』でないとするのであれば、セシルが向かうのは朝練をするための訓練場だ。

そうでないとしても、訓練場にはレイラがいる。

話を聞いてもらって、一緒に対策を考えることもできるだろう。

そう思い、アルヴィンは急ぎ足で訓練場へと足を運んだ。

すると、訓練場には朝練をせずに集まっている騎士見習い達の姿があった。

何か起こったのか？　不思議に思っていると、その中からレイラが姿を現して、見つけたアルヴィンの元へと駆け寄ってくる。

「アルヴィン！」

「どうしたの？」

「ソフィアが……朝起きたらソフィアがいなかったの！」

なるほど、だから戸惑っているのか。

いつも落ち着いているレイラらしくない反応だと思ったが、友人であるソフィアがいなくなったのなら落ち着いていられないのも理解できる。

このタイミングだ、きっとレイラもソフィアが『神隠し』の被害に遭ったと思っているのだろう。

「落ち着いて、レイラ」

「これが落ち着いていられるっていうの⁉　というより、あなたはソフィアが攫われて心配じゃない――――」

「姉さんもいなくなった」

「ッ⁉」

「タイミングからして『神隠し』以外あり得ない」

ならなおさら、どうして心配しないのか？

レイラは落ち着いた声音で話すアルヴィンに摑《つか》みかかろうとした。

けど、その時。ようやくアルヴィンの顔をまともに見てしまう。

アルヴィンの顔は笑っているようで、どこか冷たい。

心なしか周囲の温度も下がっているような気がして、よく見ると吐いた息がかすかに白くなってしまっている。

（そう、ね……）

間違っていた。

こんな時でも落ち着いているのは、落ち着かないと現状が何も進まないと分かっているからだ。

アルヴィンが姉を攫われて平気でいられるわけもない。

レイラは小さく息を吐くと、先程まで取り乱していた自分をゆっくりと落ち着かせる。

「……ごめん」

「ううん、大丈夫――」

そう口にした時、アルヴィンの背中を針で突かれたような感触が襲った。

後ろに誰かいるのか？　いや、そういうわけではない。

何度も味わったことのある感触……これは、印が消えてしまった時に現れる感触だ。

「……見つけた」

「えっ……？」

「姉さんの居場所が見つかった。今、印が消えた」

消えたということは、セシルが第三者と接触したということ。

そのおかげでアルヴィンには、印越しにセシルの居場所が薄《う》っすらと小さな点のように脳裏に浮かび上がってくる。

だが、第三者と接触したということはいつ何があってもおかしくはないということでもあった。

元が盗賊団のアジトを突き止めるための魔法だったため、早期対処用には作られていない。

つまり――

「行くよ、レイラ」

「……え、えぇ！」

早く行かないと手遅れになってしまう。

だからこそ、アルヴィンは訓練場に背中を向けて走り出した。

ソフィアもそこにいる可能性が高い。

レイラは腰の剣を確かめると、すぐさまアルヴィンのあとを追った。

しかし――

「お待ちください」

訓練場の入り口から、一人の少女が姿を現す。

その少女は、アルヴィン達の行く手を阻《はば》むように立ちはだかっていた。

「どこへ、行かれるというのでしょうか？」

リーゼロッテ・ラレリア。

どうして、ここで止めてくる？

レイラは理解ができなかった。

ここにいて、大きな声を出していた自分達のやり取りが聞こえていないはずもない。

仮に聞こえていなくとも、今の自分達の顔を見れば焦《あせ》っているなど一瞬で分かる。

「退《ど》いてください、団長！　朝練を抜ける罰はあとで受けます！」

「質問に対する回答としては不適切ではないですか、レイラ様？　私はどこに行くのかと、聞いているのです」

「……ッ！」

言葉を求めているはずなのに、リーゼロッテから物言わせぬ圧を感じる。

レイラは久しぶりに見るその表情に、一瞬だけたじろいでしまった。

だが、ここで退《ひ》くわけにはいかない。

レイラは気圧《けお》されぬよう一歩前へと踏み出す。

「ソフィアとセシル様が攫われました！　そのため、今から助けに――」

「行かれるのですか？　二人で？」

「その通りです！　早くしないと、二人がどんな目に遭うか……ッ！」

だから行かせてください、と。レイラは最後に強く訴える。

しかし、リーゼロッテは毅然《きぜん》としてその場から動こうとはしなかった。

どうして退いてくれないのか？　レイラの中に焦りが重なって徐々に苛立《いらだ》ちが込み上がってきた。

「何故《なぜ》、ですか……ッ！」

「当たり前です。私にはこの騎士団の団員を守る義務があります――相手の戦力も分からない状態で攻め入ろうとする団員を止めるのは当たり前のことでしょう」

その言葉に、レイラは言葉が詰まってしまう。

「大体の状況は承知しております。何せ、ここに来るまでに聞こえてしまいましたから。だからこそ、あなた方を行かせるわけにはいきません。そんな危険な場所に行って、レイラ様やアルヴィン様が同じ目に遭ってしまったらどうするのですか？」

考えてみれば当たり前の話だ。

これだけ王国騎士団を翻弄し、未《いま》だに手掛かりを掴ませなかった相手が並の悪党なわけがない。

どれほど強力で、どれほど悪質か。

そんな場所にたった二人で行かせてなんになる？

返り討ちに遭ってしまえば、救助される被害者が二人増えるだけ。

だったら余計な手出しをせずに居場所が分かったのなら王国騎士団を呼んで皆で一斉に乗り込んだ方が賢明……いや、そもそも王国騎士団に任せてしまった方が足手まといが増えずにいいのかもしれない。

全ての団員を取り纏《まと》める者の責任として、第二王女として、むざむざ危険地に乗り込む人間を放置はできない。

言いたいことはレイラも理解できる。

ただ、王国騎士団を待っている間に二人が何をされるか分からない。

時間的猶予があるかもしれないが、それは今の自分達には分からないのだ。

レイラは思わず歯軋《はぎし》りする。

頭では分かっていても、感情がそれを認めたくなくて。

その時――

「退け」

横にいるアルヴィンが、冷たい声音で言い放った。

白い冷気が、アルヴィンを中心に辺りへ広がり始める。

「誰がなんと言おうとも、僕は姉さんを助けに行く。いくらリーゼロッテ様でも立ちはだかるんだったら力ずくで押し通らせてもらう」

「それは、私が力ずくで止めたとしても……でしょうか？」

「もちろん、これは傲慢で言ってるんじゃない──僕の使命で、約束だから」

助けられると驕《おご》っているわけではない。

リーゼロッテの言う通り、敵が強大でアルヴィン達だけでは返り討ちに遭ってしまうかもしれない。

それでも、守ると決めて約束したから。

命を引き換えにしてでも、アルヴィンはセシルの元へ向かわなければならない。

王国騎士団を待つ選択など、今のアルヴィンにはなかった。

「…………」

「…………」

アルヴィンとリーゼロッテは睨《にら》み合う。

互いに譲る気はない。そんな空気が重く、一秒が長く感じられるほどのものへと変わる。

横にいたレイラも、周囲で状況を眺めていた騎士団見習い達も固唾《かたず》を呑《の》み始めた。

そして永遠とも思える数十秒、その沈黙が続き――

「はぁ……こういう時、周囲から見たら私が悪役なのでしょうね」

リーゼロッテのため息が、その沈黙を破った。

「ルイス」

「は、はいっ！」

突然声をかけられたことにより、後ろでこっそりと様子を見守っていたルイスが驚きながらも返事を返した。

「あなたは今から王国騎士団のところへ向かい、『神隠し』の被害者の場所が分かったと伝えてください。副団長のあなたが行けば、先方も信憑《しんぴょう》性を感じてくれるでしょう」

「しょ、承知しました！　急いで向かいます！」

ルイスは走ってリーゼロッテ達の横を通り過ぎる。

それを見送ったあと、リーゼロッテはアルヴィン達に向き直った。

そして――

「今回だけですよ」

「……えっ？」

「今回だけ、私はあなたに従うことにします」

リーゼロッテが先に折れた。

張り詰めていた空気が一気に霧散し、冷気を放っていたアルヴィンは思わず呆《ほう》けてしまう。

それは横にいるレイラも同じだった。

この場で二人が争うかと思っていたのだ。

その時、自分はアルヴィンに加勢してそのあと……などとまで、緊迫した状況で思考を巡らせていた。

しかし、それは現実になることはなく。

「その代わり、あくまで救出ではなく王国騎士団が到着するまでの時間稼ぎです。場所が分かっているのであれば、そこで暴れて誘拐された人間に被害が及ばないよう犯人の意識を逸《そ》らします」

「いいんですか、リーゼロッテ様……？　その、私達は――」

「いいか悪いかの問答をするのであればよろしくはありません。本来、力ずくでもあなた方を止めるのが私の役目だと思っています」

ただ、と。

リーゼロッテは困ったように笑みを浮かべた。

「私だって、二人のことは心配なんですよ」

それは己の感情を優先してくれたリーゼロッテだからこそ出た言葉だろう。

この選択が正しいとは思えない。

仮に解決したとしても、何かしら責任を取らされるかもしれない。

けど、守りたいと思ってしまっている自分をアルヴィン達の感情に折れて許した。きっと苦渋の選択だったはずだ。

レイラは思わず頭を下げる。

ありがとうございます、と。その言葉の意味として。

『俺達も行くぜ！』

『女の子が危ない目に遭うかもしれねぇんだ、男が助けに行かないでどうする！』

『俺達は仲間を見捨てない！』

「みんな……」

後ろから、騎士団見習い達が雄叫《おたけ》びを上げる。

それを受けて、アルヴィンは胸の内が温かくなっていくのを感じた。

「これより！　我々騎士団は『神隠し』の被害者の元へと向かいます！」

リーゼロッテが大声を上げた。

「目標は誘拐された被害者の奪還！　殲滅《せんめつ》はせず、王国騎士団到着まで時間を稼ぐのが最優先！」

『『『『おうっ！！！！！』』』』

「命の危険があると思えばすぐに下がりなさい。そして――」

その声は訓練場に響き渡る。

騎士団の雄叫びも、早朝のアカデミーを揺さぶった。

全ては、誘拐された被害者と団員二人を救出するため。

敵がどんな相手かは知りえないが……それでも、自分達は仲間を見捨てない。

「二人を救出しましょう。私達は、全員揃《そろ》ってアカデミーの騎士団なのですから！」

『『『『うぉぉぉぉぉぉぉぉぉぉぉぉぉぉぉぉぉッッッ！！！』』』』

リーゼロッテは優雅に微笑《ほほえ》む。

これでいいですか？　そんな言葉が、瞳に映し出されているような気がした。

「……ありがとうございます、リーゼロッテ様」

「ふふっ、一緒にあとで怒られてくださいね？　私を鼓舞したのは、アルヴィン様なのですから」

はい、と。アルヴィンは頷《うなず》いた。

決断してくれた彼女とついてきてくれる仲間の期待を裏切るわけにはいかない。

アルヴィンは内心で想《おも》いを強める。

――ここからだ。

ここから、アルヴィンは約束の履行を始める。

◆◆◆

セシルは目を覚ますと、ふと違和感を覚えた。

手首に冷たい感触が伝わってくる。さっきまでベッドの上にいたはずなのに、無理やり座らせているような感覚もある。

一体どういうことなのか？　そう疑問に思ったセシルが目を開けると、そこには何もない薄暗い空間が広がっていた。

そして――

「おや、目を覚ましてしまったのか。おかしいな、この子は代償に耐えられる体だったのかな？」

目の前に、本を片手に椅子に座っている少女が視界に入った。

誰だこいつ？　そう思うのと同時に、手首からジャラジャラと金属が擦《こす》れる音が聞こえてきた。

それが自分が鎖に繋《つな》がれている証拠だと気づくのに、さほど時間はかからなかった。

「……ここはどこか、聞いてもいいのかな？」

「別に構わないよ。君達には聞く権利ぐらいはあるだろうからね」

ローブを羽織った少女は地面へ本を置く。

顔だけをセシルへと向け、小さく微笑んでみせた。

「君達のいる場所は王都の地下だよ。こんな場所があるとは知らなかっただろう？　実を言うと、ボクも知らされるまでは気がつかなかったんだ」

金色の長髪に赤紫色の瞳。幼いようで、どこか妖艶《ようえん》なる雰囲気も感じる。

黒いローブを羽織っているからか、その妖艶な雰囲気はどこか異様に思えてしまった。

だけど、そんなことはどうでもいい。

この時のセシルはそれこそ異様なほど冷静であった。

視線を動かせば、自分と同じように繋がれている子供達の姿が見える。

その中にはソフィアの姿もあって、未《いま》だに目を覚ましていないのかピクリとも動く様子がなかった。

とりあえず、皆無事だというのは安堵《あんど》である。

しかし、全員が揃って金髪ときた。

ここから導き出せる答えは――

「まさか自分が被害に遭って知ることになるなんてなぁ……『神隠し』の首謀者」

「素晴らしいネーミングセンスだと思うよ？　もっとも、隠しているのは神ではなく君らとなんら変わりのないただの人間だけれどね」

申し遅れた、と。

少女は立ち上がってそのまま胸に手を当てて頭を下げた。

「ボクの名前はサラサ。『愚者の花束』という教団の司祭を担当している者だ」

「愚者の花束……？」

「教団と名乗っているが、特段信仰組織というわけではない。簡単に言ってしまえば禁術を研究している有象無象の集団だと思ってくれればいい」

禁術。

そのワードを耳にして、セシルは思わず眉を顰《ひそ》めてしまう。

しかし、セシルはすぐに不敵な笑みを浮かべた。

「……随分とペラペラ語ってくれるんだね。あんなに探しても見つからなかったっていうのに」

「言っただろう？　聞く権利ぐらいはあると。ボクは他のやつらと違って筋は通すタイプだ、ここまで勝手に連れて来たのに何も知らされないというのは、あまりにボクの身勝手がすぎるからね」

「その割には、身勝手に誘拐してきてるけど」

「そこに関しては身勝手のままいさせてくれ、これぱかりは必要なことなんだ」

「だったら、せめてどうやって私達をここまで連れてきたのかぐらいは教えてよ」

「それぐらいならお安い御用さ」

サラサはもう一度椅子に腰掛け、悠々と足を組む。

「君は禁術というのを知っているかい？」

「……一応、文献に載ってる程度にはね」

「随分と賢い人だ。なら、ざっくりとした説明は不要だね――君達がここにいるのは、正に禁術によるものだ。文献にも『転移』という禁術があったことぐらいは載っているだろう？」

転移の禁術は、その名の通り物体をある地点へと飛ばす。

その大きさ、重さ、距離は問わない。どんなものであれ、瞬《また》く間に移動させてしまえる優れものであり、現代では考えられない魔法である。

ただし、それは禁じられた魔法。

それ故に、デメリットが一つ――

「使用者はしばらく目を覚まさない。数日の時もあれば一生の時もある。こればっかりは体質によるものだろう。メリットの上に残るデメリットなんだが……どうやら君だけみたいだ、禁術の代償に耐えられたのは」

「……私、使用者じゃないんだけど？」

「使用者だよ、だって君はボクが渡したクッキーを食べたじゃないか」

「……っ」

クッキーを食べた記憶はある。

確かに、言われてみれば食べたその日に誘拐されてしまった。

（ということは、ソフィアちゃんが渡してきたクッキーが原因？　だからソフィアちゃんもここにいる……）

頭の中で合点《がてん》がいき、セシルは小さくため息を吐《つ》いた。

「渡したクッキーには転移の術式を編み込んである。食べれば、あとは夜中に自動で術式が起動するって寸法さ。どうだい？　意外と手間も工数もかかっていないだろう？　単純だが、これが意外と誰も手も足も出ないものなんだよ」

「まぁ、それに王国騎士団も振り回されてたし。それにしても……クッキーなんてファンシーなものを汚いことに使うんだね」

「あの子が好きだったんだよ」

あの子とは一体誰のことを言っているのか？

懐《なつ》かしむように、それでいて寂しそうに口にするサラサに、セシルは疑問に思ってしまう。

「……さて、君はどうしようかな？　正直、起きた時のことは想定していないんだ」

「どうもこうも、解放してくれればいいんじゃないかな？　ちなみに、ここにいる全員も」

「それはダメだな――あとでちゃんと使うんだから」

その言葉を発した瞬間、サラサは驚いた。

ブチャガキャ、と。金属音とみずみずしくも耳を塞いでしまいたくなる音が反芻《はんすう》する。

それがセシルという少女から聞こえたものだと知った時は本当に驚いた。

「……まさか、自分の手の肉を削《そ》いで枷《かせ》から抜けるとは。自分を大切にしないといけない、などとボクが説教した方がいいかね？」

「どうせここにいたって『使う』なんて言ってる人に酷《ひど》いことされるんだもん。だったら、こっちの方がまだいいよ」

血の雫《しずく》が地面に滴《したた》るのも構わず、セシルはゆっくりと立ち上がる。

――言うは易く行うは難《かた》し。

頭では確かに未知の危険より一時の犠牲の方がいいのだと理解できる。

ただ、己の肉を削ぐのにどれだけ勇気がいることか？　それはどんな人間でも共感できるものであり、どんな人間でも容易に行えるものではないはずだ。

故に、サラサは思わず困ったように頬を掻《か》いてしまった。

「……ちょっと見境なく運びすぎたか？　どうやら、あともう少しで必要な人数が集まると焦《あせ》ってしまったようだ」

「ここにいる全員は……ちゃんとお家《うち》まで連れて帰る」

「はっ！　君は存外面白いことを言うね！」

サラサはセシルの発言を鼻で笑う。

「武器も持っておらず、手は傷だらけで何も満足には握れないだろう。加えて、ボク以外にも教団のメンバーがこぞってこの場にいるんだぞ？」

「………………」

「それに、司祭の席に座っているボク自身――そこいらの人間よりかは腕も立つ。あまりナメた発言は控えることだ」

「へぇ……奇遇だね、私もそう言われてるよ」

でも、まったく手に力が入らない。

削いだ代償は思った以上に高かったようだ。先程から叫んでしまいたくなるほど痛みが走っており、何も握れる気がしない。

それでも、まだ思ったより出血量が少ないのが幸いであった。

(分かってる、多分私が負けちゃうってことは)

サラサの立ち居振る舞いと態度が、強者であるということを証明しているように感じた。

まともにやり合っても、勝てるかどうかなんて問答する気も起きないぐらいに。

敵は強力と言われている禁術を使うような相手。

(それでも、あなたはなーんにも分かってない……)

どうして自分がここで立っていられるか？

それは――

『司祭殿！』

地下の空洞に、一人の黒装束の男がやって来た。

「どうしたのかな？　ボクは今忙し――」

『騎士が……制服を着た騎士が集団で現れました！』

ニヤリ、と。

セシルの顔に笑みが浮かぶ。

「……なるほど、君は囮《おとり》だったというわけか」

鋭い瞳がセシルに向けられる。

だが、それでもセシルは挑発するような笑みを浮かべたまま毅然《きぜん》と言い放った。

「いや、別に？　ただ、私の大好きな人は私を守ってくれるんだ。だから、今も昔も――私は彼を信じるだけ」

優しくて、かっこよくて、昔した約束を守ってくれる男の子。

きっと、攫《さら》われた自分を助けに来てくれる。どんな手を使ってでも、どんな手を使ったのかは分からないけど……必ず、来てくれると思っていた。

だから、セシルは立っていられる。

こんな状況で、こんなに不利だったとしても――私は彼の家族だから。

「さぁ、やろうよ禁術使い《ジャックソーサラー》。お姉ちゃんは強いんだぞってところを見せてやる」

「……久しぶりに腹が立ったよ。間違って死んでも恨んでくれるな」

負けるのは分かっている。

それでも、セシルは生き残るための戦いを始めた。

約束はちゃんと履行してくれる、この瞬間はそのためのお膳立ての時間だ。

◆◆◆

アルヴィンの魔法はあくまで対象が第三者に接触したことによって印が消え、対象の居場所を伝達してくれるというものだ。

伝達された際は微《かす》かに残った自分の魔力を追跡するだけの簡易的なものであり、大まかな座標しか分からない。

とはいえ、大雑把な場所は分かる。

このだだっ広い王都をくまなく探すよりは遥《はる》かに効率的であった。

しかし、アルヴィンが騎士団の面々を引き連れてそれらしい場所にやって来てもセシルの姿は見当たらなかった。

魔力の残滓《ざんし》はここにある。でも姿は見当たらない。雲一つない澄み切った青空があるだけだ。

となれば一体どこに？

そんなの、地下に決まっているじゃないか。

「あなた馬鹿っ！　もうっ、ほんとぉぉぉぉぉぉぉぉぉに馬鹿っっっ！！！」

「ごめっ……マジでごめんだから首絞めないで着地と呼吸ができな……ッ」

そして、アルヴィン達は現在王都の端にある開けた広場の中心を――落下していた。

それもたったの数十秒ではあるが、レイラは一緒に落ちていくアルヴィンの首を怨敵を相手にした時のように絞めていた。

「どうして地面を破壊するなんて考えるの⁉　後処理とか周囲の被害とかどうするわけッッッ⁉」

地下への入り口など普通に探してもすぐには見つからないだろう。

誘拐先で何が行われているかわからない以上、悠長に捜索などしていられない。

そう考えたアルヴィンは容赦なく氷の塊を上空から地上に落とすことによって地面を破壊した。

幸いなのは周囲に誰もおらず、建物もなかったことだろう。

もちろん、騒ぎになってしまうのは言わずもがな。

「で、でもさ……メリットも十分にあるわけでしてッ！」

「早く助けに行けること以外で言え！」

「こういうヒーローの現れ方って普通は考えられないと思うんですよ、はい！　だから――」

レイラがアルヴィンの首から手を離した途端、二人は地面へと着地する。

どれぐらい落ちたか？　ざっと10ｍくらいだろうか？

その時――

『なッ⁉　いきなり上が崩れたぞ⁉』

『て、敵襲だッ！』

『人を呼べ！　早く！』

アルヴィン達の正面に黒装束を着た人間が何人も姿を現した。

しかもその全員が戸惑いや驚き、焦りを見せており、満足に武器も持っていない状態であった。

「ちゃんと奇襲になったでしょ？」

「はぁ……そうだけど、もし攫われた人が下にいたらどうするつもりだったのよ」

「姉さんから離れたところを崩したから大丈夫だよ。もちろん、よく分からない敵さんにとってはお邪魔だったみたいだけど」

アルヴィンはまず先にと土埃《つちぼこり》を払った。

するとタイミングよく背後に何人もの人影が降って現れる。

「アルヴィン様、流石《さすが》にあとでお説教です」

「ほら」

「姉さんとソフィア達を助けられるなら甘んじて受け入れる……ッ！」

「お説教の時は大きな石を抱いてもらいます」

「待ってやっぱ石抱きは流石に無理っ！」

古式ゆかしい拷問手段に、アルヴィンは思わず涙を浮かべる。

とはいえ、こんなに悠長に話している暇はなさそうであった。

奥にある通路、そこからばたばたと人の足音が近づいてくる。視界に入っていた人間も各々《おのおの》壁に立てかけてあった剣やら杖《つえ》を手にして構え始めた。

「しかし、この方々は一体どこのどちらさんでしょうか？　あまり歓迎されていないようですが」

「歓迎されることはないと思います、リーゼロッテ様。こいつらがソフィア達を誘拐したというのはどう考えても明白ですから」

地下にある空洞。

王都に地下があるとは知りもしなかったが、こんな場所に姿を現して問答なく武器を向けているのだ――座標のことを考えても一般人だとは思えない。

レイラとリーゼロッテはそれぞれ腰の剣を抜く。

それに伴い、後ろにいる騎士団見習い達も一斉に剣を抜き始めた。

「まぁ、なんにせよ……」

アルヴィンはその中で一人前へと踏み出す。

たった一歩。

その一歩を踏み出した瞬間、黒装束の人間目掛けて一斉に氷の波が襲い掛かった。

「姉さん達は連れ戻させてもらう。立ちはだかるなら容赦はしない……出し惜しみなく本気で行く」

氷の波は黒装束の人間を飲み込んだ。

そのまま氷のオブジェになっていく人間、かろうじて逃げおおせた人間、その人間に代わるように現れる人間。

そんな敵を相手に、アルヴィンはふぅーっと白く冷たい息を吐いた。

(流石はアルヴィン様……やはり、その実力は異端ですね)

リーゼロッテも魔法は扱える。

しかし、この規模の魔法を一瞬にして放てるだろうか？　空間内の地面一面に広がり、容赦なく敵を行動不能にすることなど、自分にできるのか？

今の一瞬だけで、目の前にいる人間達の三分の一を無力化してしまった。

無詠唱魔法を習得しているとはいえ、この規模で行うには先の見えない努力と才能が必要になってくるだろう。

自分には無理だなと、肩を竦《すく》める。

(敵にとっては悪夢でしょうが、味方であれば心強い……)

リーゼロッテは口元を緩める。

そして、後ろ目掛けて大声を発した。

「目標、被害者の救出！　及び王国騎士団の到着までの時間稼ぎ！」

『『『おうっ！！！』』』

「さぁ、皆様――暴れまくりましょう」

『『『うぉぉぉぉぉぉぉぉぉぉぉぉぉぉぉぉっ！！！！』』』

その合図と共に、騎士見習い達は一斉に駆け出し始める。

敵は『神隠し』の首謀者と思わしき集団。目標は攫われた人間の保護。

「行きましょう、アルヴィン」

「うん」

レイラの声に促され、アルヴィンもまた足を進める。

『かかって来いや！　女の子を守る男がどれだけかっこいいか見せてやる！』

『うちの可愛《かわ》い子ちゃんに手を出してタダで済むと思うなよ！』

『てめぇらみたいな三下はお呼びじゃねぇんだよ！』

地下での戦闘は、リーゼロッテのかけ声が響き渡ってからすぐに混沌《こんとん》に混沌を極めた。

隊列も作戦もあったもんではない。敵味方全員が入り乱れ、ただただ近くにいる敵を倒していくという構図。

それは敵の被害者が多すぎるというのが一つの理由だろう。

当初の目的は人質の救出に加え、王国騎士団がやって来るまでの時間稼ぎ。

もし時間稼ぎにいっぱいいっぱいであれば、時間稼ぎを優先する。

そういった目論見《もくろみ》のまま始まった戦闘だが、中でも二人だけは異色の景色を見せていた。

「退《ど》けっ！」

近くにいた人間を蹴りで吹き飛ばし、背後から狙ってくる敵の顎へ氷の柱をぶつける。

更には両脇からやってきた敵の腕を摑《つか》み、そのまま氷漬けにした。氷のオブジェになった人間はすぐ脇へと蹴り飛ばして捨てる。

一人を相手にした時は僅か数秒程度。それだけの時間で、アルヴィンは着実に敵を屠《ほふ》っていく。

「ッ！」

一方で、リーゼロッテはシンプルな戦い方をしていた。

手にしている剣に炎を纏《まと》わせるという単純なもの。熱が風に乗って周囲へと伝播《でんぱ》を始めた。斬りつければ炎を広げ、敵の体を焼いていく。

最小でいい。少しでも刃《やいば》が当たれば相手は綺麗《きれい》な炎上を見せてくれる。

それを持ち前のフィジカルで幾度となくくり返し、こちらもまた物凄《ものすご》い勢いで相手を屠っていった。

『や、やべぇぞこの二人！』

『こいつらに集中しろ！　他はまだなんとかなる！』

『なんとしてでも奥へと連れて行くな！』

敵の焦《あせ》りが窺《うかが》える。

今はまだ続々と敵がやって来ている状況ではあるが、その数も有限のはずだ。

押し切られてしまえば、奥へと進まれてしまう。

それだけは絶対に避けなければ——アルヴィン達と同じ、一点に対する必死さが伝わってきた。

「埒《らち》が明かない！　蟻《あり》の巣を刺激してもこんなにわらわら出てこないよ！」

アルヴィンは舌打ちしつつも、氷の短剣を生み出して敵に投げ飛ばす。

「ここは私達がなんとかするわ！　あなたは早く先に行きなさい！」

レイラが敵を斬りつけながら叫ぶ。

その顔にあまり余裕は残っていない。気を抜けば敵の刃や魔法に襲われてしまうからだろう。

それでも、レイラはアルヴィンに先へ急ぐよう促した。

ここから見える通路など一本しかない。

魔力の残滓《ざんし》から考えてみても、セシル達があの先にいるなど明らかであった。

「けど……！」

「けどじゃないの！　あなたがこの中で一番助けられる可能性が高んだから！」

レイラの言葉に、アルヴィンは唇を噛《か》み締める。

(どうする……ッ！)

本当は、ここで立ち止まるべきなのだろう。

今のように混戦を極めてしまえば大規模な魔法は扱えない。

味方諸共《もろとも》被害を受けてしまうことになるため、最小の力で戦わなければならなかった。

しかし、ここで大きな猛威を振るっているのはアルヴィンとリーゼロッテだ。

一人抜けてしまえばどうなってしまうかなど、想像しただけで不安になる。

「構いません」

だが、その不安をリーゼロッテが払う。

「お任せください、アルヴィン様。騎士団の面々はあなたが思っているより皆さんお強いです……なので構わず、走ってください」

信じろ、と。

単純明快。そんな言葉をリーゼロッテは剣を振るいながら口にする。

赤く光る炎に、リーゼロッテの銀髪が映える。

火の粉は天井から吹く風によって宙を舞い、一種の衣のように美しく見えた。

それがなんとも幻想的で、かつ頼もしくアルヴィンの心を揺さぶる。

アルヴィンは呼応するかのように駆け出した。

目指すは奥に見える通路。進路に敵が立ちはだかってくるが、アルヴィンは手を振るうことによって氷の波を縦に伸ばして道を作る。

「お願いします！」

後ろは振り返らない。

この場にいる敵は任せると、走り出した瞬間に決めたのだから。

「姉さん……ッ！」

アルヴィンの言葉に反応したのか、氷の波を越えて敵が現れる。

よっぽど奥へと行かせたくないのだろう。

背後にいる味方の負担を減らしてくれるかのように、アルヴィンの元へと敵がぞろぞろと集まってくる。

『行かせるな！』

『司祭様の儀式が終わるまでは！』

『教団の力を見せてやれ！　大義は我々にある！』

――でも、そんなこと関係ない。

「かかって来い、クソ野郎共！　氷のオブジェになりたい奴《やつ》らは前に出ろ！」

アルヴィンは足を止めることはなかった。

ただただ、通路を抜けるためだけに足を動かし続ける。

魔力はまだ大丈夫だ。このあと何があろうとも十分に戦える。

――奥へと向かう。

アルヴィンが空洞から抜け出し、通路へと足を踏み出すのにそれほど時間はかからなかった。

◆◆◆

ゆっくりと、ソフィアの瞼《まぶた》が上がる。

体の節々が痛い。最近住み始めた家でのベッドだから寝付けなかったんだろうか？　そう思っていたのだが、その疑問はすぐに掻《か》き消される。

何せ――

目の前に血だらけのセシルが倒れていたのだから。

「～～ッッ‼⁉⁇」

声にならない悲鳴がソフィアの口から漏れた。

どうしてセシルが倒れているのか？　そもそもここはどこなのか？　いや、そんなことよりもすぐに治さなければ。

ソフィアは急いで治療するために駆け寄ろうとしたが、すぐ自分の手が頭上のフックに鎖で繋《つな》がれていることに気づく。

「なっ⁉　ど、どうして……！」

その時であった。

はぁ、と。誰かの小さなため息が聞こえてきた。

「この子も目を覚ましてしまったのか。どういう原理で起きてしまうのか、今後の研究課題だね、これは。とはいえ、これぱっかりはボクの分野ではないし、気にすることもないか」

黒いローブを纏った少女。

その輪郭と声音は、どこか記憶の片鱗《へんりん》にふれた。

「あ、なたは……？」

「おや、分からないのかい？　君とは最近顔を合わせたばかりだと記憶しているのだが」

会ったことがない。

そう否定しようとしたが、すぐにソフィアの脳裏にこの前の出店が浮かび上がってくる。

――ソフィアはあまり賢い人間ではない。

純粋で、人のことをすぐに信頼してしまう優しい女の子。言い換えれば騙《だま》されやすい阿《あ》呆《ほう》でもあった。

しかし、流石《さすが》にこの状況……周囲で動く様子のない金髪の子供達を見れば自《おの》ずと理解できる。

「あなたが『神隠し』の……ッ！」

「おめでとう、そう言われるのは君で二人目だ。とはいえ、少し遅かったと思うけどね」

サラサは倒れているセシルの髪を掴んで顔を上げさせる。

セシルは満身創痍《まんしんそうい》という言葉しか見当たらないような様子であった。無理矢理髪を掴まれても抵抗することもない。

「セシルさんを離してくださいッ！」

「ふむ……人のせいにするわけではないし、自分を棚に上げることもあまりしたくはないが、君はもう少し罪悪感を覚えるべきだ」

「何を言ってるんですか⁉」

「分からないか？　馬鹿でも分かるように説明してあげてもいいが……そもそも、ボクはこの子と会ったことがないんだよ」

会ったことがない、というのはどういうことだろうか？

無差別に攫《さら》っていたのではないというのは子供達を見れば分かる。

一方で自分がどうやって攫われたのかまでは分からないが、会ったことがない人間などいくらでもいる。

でも、サラサはあえてそれを口にした。

ということは、会った時に起こったことに何か原因が——

「……ぁ」

そこまで考えて、ソフィアがふと気づく。

そういえば、自分はこの人からクッキーをもらった。

どうした？　そのクッキーを自分はどうした？

「あ、あぁぁぁぁぁぁぁぁァァァァァァァァァァァァァァッッッ！！！」

ソフィアの中に後悔が押し寄せてくる。

食べさせてしまった。自分はセシルにそのクッキーを食べさせてしまった。

もしも、それが攫われてしまう要因であるとするならば、今こうしてセシルを巻き込んでしまい傷つけたのは自分ということになる。

「優しいのは結構。ボクも好印象だ……まぁ、そのせいで誰かが巻き込まれたとなれば、目も当てられないのは言わなくてもいいだろう」

ソフィアは必死に手枷《てかせ》を外そうと引っ張り始める。

手首の皮膚が傷つき、血が流れてしまおうともお構いなしであった。

「やめたまえ。この子のように力があるなら肉を削《そ》ぐこともできるだろうが、そうでなければ無駄に傷つくだけだぞ？」

「それでも、私は……ッ！」

「安心しろ、どの道殺す気はないよ。とはいえ、頭に『今は』というワードがついてしまうが」

安心できるわけもない言葉であった。

なんとしてでも、この場からセシルを逃がさなければ。

巻き込んでしまった責任と、襲い掛かる罪悪感が心優しいソフィアの体を突き動かす。

けど、どれだけ頑張っても手から枷が外れることはなくて――

「お願い、します……」

ソフィアはいよいよ、瞳から涙を零《こぼ》しながら懇願し始めた。

「セシルさんを、離して……ください……」

「無理だ」

「ッ⁉」

しかし、その懇願もすぐに一蹴される。

どこか申し訳なさそうに、サラサは口にした。

「ボクにも一応罪悪感はあるさ。申し訳ないとも思う。けど、君は必死になれる目的を持ったことはあるかい？　ボクが今立っているのは、つまりそういうことだ」

サラサはセシルを抱えると、壁際《かべぎわ》まで運んでその場に座らせた。

「大義なんて言うつもりはない。地獄に落ちてしまうのは当たり前だ……それでも、ボクにはなし得たい事柄がある」

だから諦めろ、と。

サラサはキツくソフィアを睨《にら》みつけた。

それが固い意志だというのは、なんとなくであるが伝わった。

今更もう一度懇願しても、同じように一蹴されるだけだろう。

故に、ソフィアは願った。

（誰か……）

この場に誰がいる？　目を覚まさない子供達と、満身創痍のセシル。

加えて『神隠し』の首謀者しかこの場にはいない。

そんな願いなど、ただのエゴの塊でしかなかった。

（誰か……助けてくださいっ！）

誰にも届くはずのない願い。

それでも――

「だい、じょうぶ……」

セシルの口から、小さくそんな言葉が漏れる。

「来てくれる、から……私の家族、が……」

――そう口にした瞬間であった。

ドゴォォォォォォォォォォォォォォォォッツッ！！　と。

空間の入り口のドアが一気に吹き飛んだ。

瓦礫《がれき》と、黒装束を着た人間が何人も空間へと放り出される。

「助けに来たよ……姉さん」

そして――

「よく分からねぇ悪党共が。落とし前をつけてやるから今すぐ汚い顔を出してくたばりやがれ」

白い息を吐く少年が、この場に姿を現した。

攫われた者達が集まる空間に姿を見せたアルヴィンは周囲を見渡し、まず最初に氷の短剣をソフィアへと飛ばした。

　突然剣を投げられたことに驚くソフィア。

　しかし、狙いは的確にソフィアの頭上――繋がれている鎖へと命中し、甲高《かんだか》い音を残して千切れる。

「きゃっ！」

「ソフィア！　姉さんの治療を！」

「わ、分かりましたっ！」

　感極まる瞬間など与えず、アルヴィンはソフィアにセシルの治療を任せる。

　ソフィアはその言葉を受けてセシルの元へと走り出した。

（アルヴィンさん……ッ！）

　その時、ソフィアは泣いていた。

　助けてと願い、心の中では諦め、気持ちは折れていたのに……友人が、助けに来てくれた。

　まるでヒーローのようだった。

　胸の内に言いようのない感情が込み上げてくるが、ソフィアは目元の涙を拭うのと同時にその感情を抑え込む。

　まず先にしなければいけないのはセシルの治療だ。

今はまだ息があるものの、早急に治療しなければ手遅れになるかもしれない。それぐらい、今のセシルの姿は酷《ひど》かった。

しかし、セシルの近くにはサラサの姿がある。

非力な自分が突貫した程度で距離を離すことができるだろうか？　あんなに強いセシルをこんな目に遭わせてもなお平然と立っていられるのに。

そう思っていた時、ソフィアの視界いっぱいに氷の塊が映った。

それは容赦なく、サラサへと襲い掛かる。

「語り部も導入もなしかね……ッ！」

サラサは正面から氷の塊を受け止める。

とはいえ、質量の違いなど言わずもがな。いくら筋力が強いからといって、あれほど巨大な塊が襲ってくれば受け止めることなど小さい体躯《たいく》の少女には無理な話だ。

腕で顔の前を覆い頭を守るが、勢いを殺し切れず何度も地面をバウンドして転がった。

その隙に、ソフィアはセシルの元へと駆け寄る。

血で汚れているセシルに触れ、治癒の魔法を込めていく。淡い光が周囲を包み、ゆっくり……ほんのゆっくりではあるが、傷が徐々に塞がっていった。

「ありがとうございます、アルヴィンさんっ！」

何に対して？　などとは言わない。

そんなの、ここに至るまでの全てに感謝しているに決まっているのだから。

そして――

「あは……やっぱり、来てくれた……ぁ」

「約束だからね」

「え、へへ……」

アルヴィンはゆっくりと空間を歩く。

セシルの震える声に目を向けることもなく、真《ま》っ直《す》ぐに二人を庇《かば》うように、吹き飛んだサラサへと立ちはだかった。

「くそっ……タイムリミットか。存外、彼女に時間を使いすぎてしまったかな？」

サラサはゆらりと起き上がる。

土埃《つちぼこり》で汚れているが、それ以外の目立った外傷はない。上手《うま》く受け流されてしまったようだ。

「酷いじゃないか。普通、こういう場面だとある程度の問答を挟んで戦闘が始まるものだろう？　演出としては性急すぎではないのかい？」

「うるせぇな、クズが。姉さんを痛めつけた相手と交わす会話なんか生まれると思ってんのか？」

「生まれるとは思うが……まぁ、君がここに来た以上、確かに余計な問答をしている暇はなさそうだ」

援護に来た人間がたった一人とは思っていない。

今は部下が相手をしてくれているとは思うが、それがいつ破られて大人数が襲ってくるかは分からなかった。

それでも負けるとは思っていないサラサだが、もしかしたらということもある。

それ故に、この場から離れる必要があった——集めた人間が惜しいとは思ってしまうが。

「というわけで、もう一本逝《い》っておくか」

サラサはアルヴィンに指を向ける。

その行動を受けて、アルヴィンはようやく違和感を見つけた。

具体的には、サラサの指が二本綺麗《きれい》になくなっていることに——

「ッ⁉」

アルヴィンの思考にふと警報が鳴り響いた気がした。

気がつけば足元から巨大な氷の壁を生み出し、己の肉体を守ってしまう。

その一瞬だった。氷の壁に穴が空いてアルヴィンの体が吹き飛ばされてしまったのは。

「アルヴィンさん!?」

いきなり吹き飛ばされてしまったアルヴィンを見て、ソフィアは心配の声を上げる。

一体何が起こったのか？　ソフィアは治癒の手を止めずにサラサの姿を見た。

そこで、驚くべきことがあった。

サラサがアルヴィンに向けていたはずの指が綺麗さっぱりなくなっていたのだ。

「なるほど……禁術か」

「ご明察、よく分かったね」

口から零れた血を拭いながら、壁にめり込んでしまったアルヴィンはゆっくりと体を起こす。

「この禁術は自分の指を代償にすることで向けた先に多大な衝撃を与えてしまうものだ。ボクの手を見れば分かるだろうが、あの子との戦闘で二本失ってしまったから、残りは七回といったところかな？　靴を脱げばもう少し増えると思うがね」

自分の指を失ってもなお飄々《ひょうひょう》としているサラサ。

人の体を治すソフィアにとっては背筋に悪寒《おかん》が走るような姿であった。

人体の一部を失った人間がどれほど悲しみ、苦しむのかを知っている。

それなのに、目の前の少女は失ったことにすら何も思わない――おかしいです、と。

ソフィアはこの時、それまで以上に恐怖を彼女から感じてしまった。

「随分とお喋《しゃべ》りだな。無理矢理その口を縫ってやろうか？」

「やめてくれ、ただ筋を通しただけなんだ」

サラサは飄々とした態度で肩を竦《すく》める。

「それにしても禁術使い《ジャックソーサラー》……本当に実在していたなんてね」

「おかしな話ではないだろう？　文献に残っているのが実在した証《あかし》であり、追い求める者が現れるなんて想像に難《かた》くないのだから」

さて、と。

サラサは不敵な笑みを浮かべて改めてアルヴィンに向き直る。

「大切な人なんだろう？　ならば、全力で挑んでくるがいい」

挑発……のように聞こえた。

それがアルヴィンの堪忍袋《かんにんぶくろ》を刺激し、いつもの姿からは想像のできないような形相へと変わる。

「黙れ、クソ野郎。その鼻をへし折って絶対泣かせてやる……ッ！」

――ここにもう一度、戦闘が生まれる。

禁止された過去の魔法を扱う禁術使い《ジャックソーサラー》。

実力を隠し続けた王国の異端の天才。

その両者が、拳を握り締めて地を駆けた。

◆◆◆

――禁術使い《ジャックソーサラー》。

文字通り、禁術を扱う魔法士のことである。

使用する度代償が生じ、過去に魔法士が減っていたことから禁止されたものであるが、その一撃は全て既存の魔法以上。

もしも、オーソドックスな魔法が広がっている現代にそんな禁術を扱う者が現れたらどうなるか？

無論、圧倒という言葉が生まれるだろう。

「ほれ、もう一回逝っておくか」

「チッ！」

サラサとの戦いはアルヴィンにしては珍しく防戦一方であった。

指が向けられる度に氷の壁を生み出し、衝撃を防ごうと試みる。それでも、次の瞬間には氷の壁ごと吹き飛ばされてしまい、自身の体によって壁にクレーターを生み出してしまう。

叩《たた》きつけられた際は、自身の内臓がぐちゃぐちゃになってしまっているような感覚であった。

もはや全て今までの位置にあるとは思えない。

(壁を挟んで受けてるっていうのに、この威力とかほんと勘弁……)

壁なしに受けてしまえばどうなってしまうのか？　今でさえ口から血が出るほどの衝撃を受けているのに、まともに当たってしまえばどうなるかなど想像に難くない。

故に、壁を挟むことはマスト。

気を抜くことなく、逐一あの指に反応しなければならない。

(とはいえ、あいつの指は残り三本)

アルヴィンは倒れながらもサラサの頭上と側面に巨大な氷の柱を生み出した。

それをサラサは回避していく。避け切れない頭上は指を犠牲にすることによって破壊し、逃げ場を作っていた。

(多分、あいつは戦闘に慣れていない。そうじゃなかったら、わざわざ迎撃に貴重な指を使い捨てないから！）

攻撃食らってでも攻撃の手段を残す。

そういう思考を作らない辺り、アルヴィンはサラサが戦闘職でないのだと予想していた。

しかし、予想していたとしても現状満身創痍《そうい》に近いアルヴィンが劣勢の状況に変わりはない。

「おいおい、乙女に対して随分容赦がないじゃないか。ボクはもうフォークすら握れない手になってしまったんだが」

「知らないよっ！　なら大人しくぶっ倒れろ！」

アルヴィンは起き上がり地を駆ける。

両脇から氷の柱を生み出し、手には氷の短剣を握った。

あと二本……これを凌《しの》げば奴《やつ》に手段はない。

靴を脱げば新しい指を使うことはできるだろうが、そうさせないためにもそろそろ接近戦で戦う必要があった。

だが――

「安直。そうは思わないかい？」

アルヴィンの思考が止まる。

「……ぁ？」

何が？　そう思ってしまう頃には、もう遅かった。

ギキャ、ガリリリリリリリリリリリリリリリリリリリリリリリッッッ！！！

そんな金属が擦り切れるような音が鳴り響き、アルヴィンの四方から光の束が襲ってきた。

反応して対処するにはあまりにも速すぎる。

体が焼き切れるような感覚。どこになんの臓器があるのかあやふやになってしまっているような体内が、最後の一撃とでも言わんばかりに限界値を叩きこまれた。

「が……ッ」

アルヴィンの口から出てはいけない黒い煙が溢《あふ》れ出た。

そのせいか、思わずその場に膝をついてしまう。

だが、それはアルヴィンだけではない。

「ぐっ……げほッ！」

サラサの口から大量の血が零《こぼ》れる。

禁術使用の代償。それは容赦なく使用者の体を蝕《むしば》む。

だが、サラサは平然と立ち上がる。口から零れた血を袖で拭いながら、飄々とした顔を見せた。

「少し、どこかにいる誰かのお話をしよう」

ゆっくりと、ふらふらとおぼつかない足取りでサラサはアルヴィンに近寄る。

「あるところに、二人の姉妹がいたそうな。その二人はどこにでもあるような家庭で、どこにでもいるようなごく普通の人間で、大変仲がよかった」

魔法の才能も、剣の才能もない。

生まれがアルヴィンのように貴族だったわけでもなく、ありふれた平民という生まれ。

「ある日、その姉妹の家は盗賊に襲われた。単純な不幸の始まりだったさ、姉以外は全員殺された。両親も、妹も、姉だけを残して天国へと旅立ってしまった」

それは誰の話をしているのか?

虚《うつ》ろな思考ではあるが、アルヴィンはすぐに誰の話をしているのか理解できた。

「姉は激しく世を恨みました。両親を、大切な妹を失って生きる希望すら失いました。しかし、そんな時です……禁術という、素晴らしい魔法に出会ったのでした。その中には蘇《そ》生《せい》という禁術があり……代償は、蘇《よみがえ》らせたい相手に条件の合う贄《にえ》だけ」

「だから、お前は……」

「そうだ、ボクはボクの妹を生き返らせるために人を攫《さら》ってきた」

全ては妹を蘇らせるため。

蘇生という禁術に必要な代償を用意するために人を攫い、ついに『神隠し』と呼ばれた。

「そんなの妹さんは望んでいない……などと言ってくれるなよ？　そんなありきたりなセリフは聞き飽きたし、あの子もそう言うだろうなとは分かっている。それでも、ボクは大切な妹を譲りたくない」

サラサはおぼつかない足でようやくアルヴィンの前へと立った。

「これが、ボクの目的だ。誰に責められても、地獄に落ちても、何を犠牲にしてでも成し遂げたいこと。どうだい、冥途の土産程度にはなっただろう」

全ては妹のため。

どれだけ他人を傷つけても、己を傷つけても成し遂げたい夢。

よっぽど、妹のことが大切だったのだろう。

そこの部分だけは……ほんの少し、少しだけアルヴィンも理解できた。

「さぁ、そろそろ幕引きといこうじゃないか」

サラサは残っていた指をアルヴィンに向けた。

あとは、この指を失うだけで目の前の強敵はいなくなる。

「僕だって、譲れないものがある……」

だから――

「劇場開幕《アル・セシリア》」

アルヴィンの口が先に、微《かす》かに動く。

「固有魔法《オリジナル》……『硝子《ガラス》の我城』」

そして、世界が氷の硝子に書き換えられた。


妙に温かくなっていく体。

ぼんやりとした意識の中で、セシルは思わずこう口にした。

「綺麗《きれい》……」

目の前に現れたのは氷の堅牢《けんろう》。

松明《たいまつ》の灯《とも》された地下で輝く美しい孤城。異質な空間で存在感を放つ隔離された領域。

それがこの一瞬で現れた。

「な、んだ……これは？」

一方、中に閉じ込められたサラサは驚きを隠し切れなかった。

澄んだ水が凍った氷は水面のように光を反射し、人の姿を硝子のように薄っすらと映すという。

今、目の前の四方にはそんな氷に自分の姿がいくつも映っていた。

先程まで薄暗いただの空間だったというのに、世界でも塗り替えられたかのような……

景色が、あまりにも変わりすぎてしまった。

「動機は分かった」

アルヴィンがゆらゆらと立ち上がる。

「同情してほしくないんだよね？　安心してよ、元より同情する気も譲る気もないから」

「クソがッ！」

サラサは指を代償とすることでアルヴィンを吹き飛ばす。

だが、驚くべきことにアルヴィンの姿は砕け散ってしまった。それどころか、周囲の氷も破壊できたもののすぐに元の形へと戻っていく。

『さぁ、抜け出してみなよ。正真正銘、誰にも見せていない僕の最後の全力だ』
声が反響する。
先程まで目の前にいたアルヴィンはダミーであった。
一体どこに？　そう思った瞬間、硝子の壁にアルヴィンの姿が映る。
反射的にサラサは映ったアルヴィンへと指を向けまた一本犠牲にした。
『残念』
だが、それもただ崩れるだけ。
未《いま》だに脳裏へとアルヴィンの声が響いてくる。
加えて、辺り一面の硝子に……アルヴィンの姿が、いくつも現れ始めた。
(やられた……ッ！)
サラサは思わず舌打ちする。
――固有魔法《オリジナル》。
それは無詠唱という技術を身に付けた魔法士のひと握りが辿《たど》り着ける魔法の極地。
誰にも真似《まね》ができず、汎用《オーソドックス》からかけ離れた強力無慈悲な力。
この世界で固有魔法《オリジナル》を扱える人間など無詠唱魔法が使える魔法士以上に数が少ない。
必要なのは圧倒的なセンス。

魔法を熟知し、既存の魔法から自身の可能範囲で想像以上の現象をこの世に引き出すためだけに練り生み出さないと、固有魔法《オリジナル》には辿り着かないのだ。

言わば、混雑した街並みを見ずに模写するようなもの。

そのおかげもあって、固有魔法《オリジナル》はどんな魔法より影響が大きい。

（こいつはこの年齢でそこまで辿り着いたのか！　しかも、並の騎士以上の体術も加えて！）

今ので、自分の手の指は全て失ってしまった。

これ以上『指弾』の禁術を使うには、更に足の指を犠牲にしなければならない。

（今更躊躇《ためら》いはないが、足を使えばこれからの動きの勝手が分からなくなる。かといって『重光』の禁術を使うには体が持つかどうか……）

とはいえ、ここで躊躇って負けてしまえば本末転倒。

優先順位を考えろ。今ここで、最善手は――

（まずは『指弾』で手数を……ッ⁉）

その時だった。

硝子の向こうから、何人ものアルヴィンがこちらに向かって現れた。

「どういう理屈ガッ⁉」

サラサの体に拳がめり込む。

対処しようとその拳を掴むが、今度は後ろから蹴りが脳天を襲った。

止まることはない。いくつものアルヴィンによる殴打《おうだ》の嵐がサラサの体を襲う。

(どれ、が本体だ……ッ!)

殴打を受けながら、サラサの思考は混迷を極めていた。

何せ、造形が全く同じなのだ。どれをこいつが本体だと言われても信じてしまいそうになるほど、目の前のアルヴィンの見分けがつかない。

加えて——

『禁術は使わせない。その隙があったら殴り続ける』

ドガガガガガガガガッッッ!!! と。

靴を脱ぐ暇もない。

今のサラサは見るに堪えない手になってしまっている。

ストックがない以上、新たなストックを作らなければ状況を打開することもままならない。

だが、そんな隙ですらアルヴィンは与えてくれなかった。

(こんな大規模な魔法を使っているんだ……いつかは魔力が尽きるはず!)

しかし、それまで自分が保《も》つだろうか？　これを受け続けて、禁術を抜くとただの女の子が保つか？

（いや、保たない……ッ！）

先程から頭が揺れる。

気を抜けば意識まで待っていかれそうになる。

体中を走る痛みが、サラサの選択肢を徐々に奪っていった。

「ボクは、ここで負け……っ、るわけには……いかない……ッ！」

妹を蘇らせるため。

なんのために、自分は今まで非道な行いをしてきたと思っている？

（どれだけ罵《ののし》られても、誰を傷つけても、誰が傷ついても、ボクは今までしてきたことを水の泡にしたくない……ッ！）

ここで負けてしまえば、今までの道のりが無駄なものになってしまう。

ただの女の子が非道な悪党に落ちた意味がないのだ。

一撃。

この一撃でアルヴィンを屠《ほふ》る。

自分の体を考えると、恐らく次は撃てないだろう。立ち向かえる状態ですらなくなるはずだ。

それでも、この戦いだけは——勝てる。

「じゅう、こう……ッ」

——射出。

その瞬間、牢城《ろうじょう》を覆いつくすほどの巨大な光が自分を中心に現れた。

◆◆◆

硝子の牢城が瓦解《がかい》する。

溢《あふ》れ出る光が氷を突き破り、幻想的に生まれたアルヴィンの世界は崩壊した。

光が、降り注ぐ氷の破片に反射し美しく輝く。

その下で、サラサはふと天井を見上げた。

「あぁ……」

口から血が零《こぼ》れる。

それだけではない。殴打によってできた痣《あざ》と、切れた傷口から異様な黒さが滲《にじ》み出ていた。

アルヴィンの最後の魔法はサラサの禁術によって砕けた。

目論見通り《もくろみどおり》、サラサは殴打から抜け出すことができ、摩訶不思議《まかふしぎ》な魔法から逃れることができた。

ただ……賭けに勝ったかと言えば、ノーである。

ザクリ、と。

土を踏む音が背後から聞こえてきた。

「クソッタレめ……」

サラサは笑う。

背後に向かって力なく、それでいて無念を感じさせるような苦しい顔で。

「結局、どんな夢を抱こうが悪党は負けるって相場が決まっているんじゃないか」

「知らないよ」

そして――

「僕はただ、姉さんとの約束を守っただけだ」

ゴンッッッッ！！　と。

サラサの脳天に鈍い音が響き渡った。

異端の天才。

その少年の戦いは、少女が地に倒れたことによって幕を下ろした。

◆◆◆

「あぁ……体痛い。これ、もうふかふかのベッドで一週間は寝ても怒られないレベルだと思う」

ふらふらとした足取りでセシル達の元へ向かうアルヴィン。

近くにはサラサの体が横たわっていたが、捕縛することは考えなかった。

しばらく起きることはないだろう。浅く攻撃が入った感触はなかったし、気を失っているフリをしている様子もなかったからだ。

「アルヴィンさんっ！」

しかし、向かう途中にソフィアの出迎えがあった。

というより、心配で駆け寄ってきたという表現の方が正しいだろう。

「あ、ソフィア。大丈夫だった？　レイラがすっごく心配してたよ？」

「私は大丈夫です……アルヴィンさんの方がっ！」

ソフィアが慌てるのも分かる。

あちこちがボロボロで、口から零れた血なども体中にこびりつき、明らかな満身創痍《まんしんそうい》なのだから。

土汚れのみのセシルとは大違いだ。

「大丈夫、大丈夫。男は怪我《けが》してなんぼだから」

「で、でも……ッ！」

「それより、ソフィアも皆も無事でよかったよ」

そう言って、アルヴィンはソフィアの頭にポンッと手を置いた。

感極まったからか、それとも恥ずかしかったからか。

ソフィアの顔が一瞬にして真っ赤に染まった。

「あれ、どうしたの？」

「い、いえ……なんでもないでしゅ！」

嚙《か》んだな、と。

アルヴィンはそれが可愛《かわい》らしくて苦笑いを浮かべてしまった。

「姉さんは？」

「あ、はいっ！　ちゃんと治癒できました！　ただ、体力の消耗は激しかったと思うので、しばらく安静にしないと……」

「そっか、ありがとうね。ソフィアのおかげで姉さんも大丈夫そうだよ」

アルヴィンはソフィアの頭から手を離すと、もう一度セシルの元へ足を進めた。

しかし――

「……お礼を言うのはこちらの方です」

そっと、ソフィアがアルヴィンの手を握る。

「ごめんなさい……私のせいで、セシル様を危険な目に遭わせてしまいました」

自分がクッキーを渡さなければ。

そもそも、出店でクッキーなど受け取らなければ。

今回は上手《うま》く解決できたと思う。

でも次は？　それに、そのせいでアルヴィンとセシルを傷つけてしまった。

ソフィアの中に激しい罪悪感が生まれてしまう。

「あー……あんまり気にしないでって言っても気にするんだろうけどさ、姉さんはきっとソフィアが悪いなんて思ってないよ？」

どうせ、姉の正義感が働いたのだろうとアルヴィンは思っている。

優しいのは知っている。皆が枷《かせ》に繋《つな》がれていたのに、セシルだけどうして繋がれていないかなどは想像がつく。

ここにいる人達を助けたくて。

自分で拳を振るったに決まっている。

だから、ここで言うべきはそんなことじゃなくて――

「ありがとうってさ、言ってあげてよ」

アルヴィンは安心させるように笑みを浮かべた。

それを受けて、ソフィアの瞳に涙が浮かぶ。

「はいっ！」

よかった、と。アルヴィンはソフィアの笑みを見て思った。

不思議と達成感が湧いてくる。

こういう誰かの笑顔が見られると、助けた実感があるから困りものだ。

自分が傷ついて痛い思いをしたかいがあると思ってしまうから。

アルヴィンはソフィアを引き連れてセシルの元へと向かう。

すると、セシルはぐったりとしながらも力なく笑みを見せた。

「えへへ……やっぱり、来てくれた」

「当たり前だよ」

先程、あんな戦いがあったのに。

先程、あんなに満身創痍だったのに。

二人は互いに笑い合う。

「ねぇ、アルくん……」

「何？」

「あの人、妹さんを助けたかったんだってね」

あの人、というのが誰を指している言葉なのかなどすぐに分かった。

「同情する？」

「ううん、しないよ。だって、それで他の人が傷ついてもいいなんて道理はないもん」

ただ、と。

セシルは力のない目で倒れているサラサの方を見た。

「気持ちは分かるなぁ、って。そう思っちゃっただけだよ……」

「……そっか」

セシルの言いたいことも分かる。

きっと、もしと仮定してセシルが死んでしまったら自分はどう思うだろうか？

多分、自分もサラサと同じ道を辿《たど》ってしまうのかもしれない。

自分は恵まれていて、彼女が恵まれていなかった。

たったそれだけの差で、想《おも》いは似ている部分があるのだから。

「ありがと、ね」

セシルがどこかに意識が向いてしまったアルヴィンに声をかける。

「あの時の約束を守ってくれて」

その言葉は、どれだけ重かったか。

力のない、小さな声だった。

けど、それが余計にアルヴィンの胸の内を温かくさせる。

当たり前じゃないか。

だって、僕達は――

「家族、なんだからさ」

「ふふっ、そう……だね」

アルヴィンはしゃがむと、セシルの腕を摑《つか》んでそのまま抱え上げる。

するとタイミングよく、入り口の方から何人もの人影が姿を現した。

「ソフィア！」

「レイラさんっ！」

慌てるような様子で姿を見せたレイラに、ソフィアは思わず駆け寄った。

他は一緒にやって来たリーゼロッテと騎士団の面々。

どうやら、皆無事に敵勢力を制圧できたようだ。

それを見て、アルヴィンは優しくセシルに向かって口を開いた。

「帰ろっか、姉さん」

「うんっ」

――――『神隠し』。

王都を騒がせたその一件は、無事に誰一人欠けることなく終幕を迎えた。

エピローグ

『神隠し』の事件から一週間が経《た》った。

結局、禁術集団――『愚者の花束』の全容は分からずじまいであったが、首謀者のサラサを含めた人間はあとからやって来た王国騎士団によって捕縛。攫《さら》われた子供達も全員が無事で、今はそれぞれの家へと帰された。

立て役者であるアカデミーの騎士団は褒賞《ほうしょう》を与えられたものの、やはりと言うべきか上からお説教だ。

誰の指示も仰がず敵勢力も未知数なまま乗り込んだのだ。約束通り、リーゼロッテとアルヴィンは一緒になって怒られた。

そして、現在――

「ハッ！　また馬車の中！」

気持ちよい登校日の朝。

アルヴィンはいつものようにシーツごと馬車で運ばれて目が覚めた。

「アルくん、おはよー」

「あ、おはよう姉さん。悪いけど、僕の制服を取って」

「うーい！」

どうやら慣れてしまったようだ。

誰からも何もツッコミが生まれない。

「そういえば、あれから一週間が経ったんだねぇ」

セシルが座席の下から制服を取り出しながらそんなことを言う。

アルヴィンは受け取り、シーツで体を隠しながら着替え始める。

「うっ……思い出したら体のあちこちが痛い！　これはもう大事をとってアカデミーを休まなければならないのではなかろうか！　なかろうか⁉」

「なかろくないから大丈夫！　元気、元気！」

「ソフィアの優秀さがここにきて……ッ！」

ソフィアの治癒によってたった一日で完治したアルヴィン。

もちろん、セシルも一日の安静こそ必要だったものの、今ではすっかりピンピンしてしまっている。

日常生活にこれほど支障がない万全な状態はなかった。

「聞いた？　サラサって人……今、王国騎士団の管轄にいるんだって」

「サラサって、あの禁術使い《ジャックソーサラー》？」

「うん、なんでも禁術集団のことを聞き出すんだって。あと、本人が思った以上にボロボロだったから」

「そりゃ、ばかすか禁術使ってたからね。手の指とか一本も残ってなかったよ」

　それほどまでに妹を蘇《よみがえ》らせたかったのだろう。

　狂気という一言で終わらせてもいいのだろうが、それがイコール愛情と執念から生まれたのだから一概に非難もできない。

「あれからさ、私もふと思うんだよ……」

　セシルが馬車の外をふと眺める。

「王国がもう少し差しのべる手を広げられてたらさ、そもそも妹さんは死なずに済んだんじゃないかなって。そしたらあの人も悪党にならずに平和な毎日を送れたんじゃないかなって」

「理想論だよ」

「うん、知ってる」

　でもね、と。

　どこか決意の滲《にじ》んだ瞳で口にした。

「やっぱり私は騎士になって、色んな人を助けたいな。今回みたいな人が生まれないようにさ、凄《すご》い人になって皆笑っていられる生活を守るの」

「…………」

「そのためには、まだまだいっぱい頑張らなきゃー！」

セシルは背伸びをする。

気持ちを新たにするように。もう一度決意を固めた。

それを見て、アルヴィンは――

「僕は未《いま》だに騎士になろうとか思ってない」

のんびりと、だらだらと過ごしていたい。

それで、近くにいる……手の届く人間を助けていたい。

姉を、家族を、友人を、領民を。救える者に自分なりの優先順位をつけて助けていきたいと思っている。

それでも、アルヴィンは小さく笑った。

「姉さんは好きなように生きなよ。僕は後ろでちゃんと守るから」

アルヴィンは英雄にも忠義の士にも向いてはいない。

全ての人を救いたいなどという優しさも傲慢さも持ち合わせておらず、怠惰の裏にちょっぴり優しさがあるだけ。

称《たた》えられるような人間にはこの先もなれないだろう。

それでいいのだと、アルヴィンは思う。目の前にいる少女が笑っていられるのなら、きっとそれで満足してしまうのだ。

アルヴィンの笑みを見て、セシルは一瞬呆《ほう》けたような顔になる。

そして、徐《おもむろ》に腰を上げてアルヴィンの横に座った。

「ねぇ、今ちょっとキュンってなっちゃったからキスしていい？」

「……肯定されると思っているのか、この愚姉は」

「えー！　今、そういう雰囲気だったじゃん！」

「雰囲気の前に関係性に気づけよ、間違ってるって！」

アルヴィンは横に座ったセシルに向かってファイティングポーズを取る。

綺麗《きれい》に締まらないのがこの姉弟というべきか。いい雰囲気も一瞬にして霧散である。

「むっ！　お姉ちゃんは諦めないよ！」

「粘る要素ないでしょ！　僕達は姉弟で初めてのチッスを奪って奪われるような関係じゃ――」

「あっ！　あそこに宇宙人が！」

「それで騙《だま》されると思ってるの⁉　僕も流石《さすが》にそんな子供じゃ――」

「あそこに綺麗な女性が！」

「何ィッ⁉」

「……その反応は流石にショックです」

馬車の外を向いて一生懸命仮想の美女を探しているアルヴィンにがっくりと肩を落とすセシル。

しかし、小さく嘆息するとゆっくりとアルヴィンの顔に手を伸ばした。

そして、そのまま自分の顔を近づける。

「ねぇ、アルくん……」

「ん？　僕は今綺麗な女性を探すのに忙しんむっ⁉」

アルヴィンは驚く。

顔を寄せられ、視界いっぱいに広がったのは端整で綺麗なセシルの顔。

口元には柔らかくみずみずしい感触が広がり、脳内が驚愕《きょうがく》と大きめな幸福感に染まる。

それが数秒か、数十秒か続いたのち、徐々に顔が離される。

「な……ッ⁉」

言っておくが、セシルは美少女だ。

姉とはいえ、血の繋《つな》がっていない異性。

そんな相手にいきなりキスをされてしまえば？　アルヴィンの顔が一気に真っ赤に染まる。

「今更言うけどさ——」

セシルも、頬を朱に染めながら口にした。

「ありがとうね、アルくん……私を、助けてくれて。大好きだよ」

——公爵家の面汚《つらよご》しと呼ばれた異端の天才。

そんな少年はある日自分を慕う姉に実力が露見し、騎士団へと入団させられた。

『神隠し』、という事件にも巻き込まれてしまった。

それでも、少年は一人の女の子の笑顔を守り……今、この瞬間。その笑顔を眺めることができた。

「……ファーストキスなのに」

「ふふっ、お姉ちゃんも♪」

きっと、これからも色々な苦難が襲い、巻き込まれていくだろう。

それでも、少年は目の前にいる少女を守るに違いない——だって、それが約束なのだから。

あとがき

お久しぶりです、初めましての方は初めまして。

楓原《かえではら》こうたです。

この度は、本作を購入していただき誠にありがとうございます。

久しぶりにファンタジア文庫様で出版させていただきまして、また読者の皆様とお会いできたことを嬉《うれ》しく思います。

さて、今回は『姉』がテーマの作品になります。

実際、私には姉はいませんが……こんな姉がいたらいいなぁ～、的な精神で筆を執《と》らせていただきました。

もちろん、実際にこんな姉がいたら驚くことでしょう。

寝ている間に弟の布団《ふとん》へ潜り込み、家庭内崩壊を招く発言を脅しに使い、執拗《しつよう》にキスを迫る姉がいれば、弟は堪《たま》ったものではないはず。

ですが、そこがいいっ！　と、思っていただけたら嬉しいです。いや、そこまで思っていただかなくてもせめて「可愛《かわい》いっ！」と思っていただけるだけでも幸いです。

その他、息の合った相棒や可愛くて愛嬌《あいきょう》あるクラスメイト、一国の王女様が出てきましたが、本作はあくまで姉と弟が最後は結ばれるお話となって「いや、僕は普通の女の子と結婚したいんだけど⁉」黙りなさい。

本来は姉と弟との進んだ関係というのはよろしくありません。ですが、あくまで義理ということで許していただけると「義理でもアウトなんだってクソ作者！」外野がうるさい。いいではありませんか。あんなに可愛い姉がいて。私には姉がいないので羨ましいです。

「てめぇ、こらボンクラ作者！　他人事《ひとごと》のように言いやがってッ！」

他人事ですから、ええ。

「くそぅ……心の底から殴りたいッ！」

とはいえ、ここまで主人公《アルヴィン》さんが駄々をこねるのであれば、少し考えないといけないかもしれません。馬鹿で自堕落で性格に多大な難があり腕っぷししか取り柄がない野郎ですが、これでもうちの主人公《アルヴィン》。拗《す》ねられて本編に差支《さしつか》えがあっては困ります。

「……なんか酷《ひど》い言われような気がするんだけど、納得してくれてよかったよ」

というわけですので、もしかすれば次回は違う女の子が活躍してくれるかもしれません。

もし、次お会いできる機会があれば、どうぞ楽しみにしていただければ幸いです。

最後に改めて、本作に携わっていただきました編集様、並びに関係者様、素敵なイラストを描いてくださった福きつね様、そしてご購入してくださった読者の皆様。
誠にありがとうございます。
また次回、お会いできることを願って。主人公共々、とても楽しみにしております。

富士見ファンタジア文庫

ブラコンの姉《あね》に実《じつ》は最強《さいきょう》魔《ま》法士《ほうし》だとバレた。
もう学園《がくえん》で実力《じつりょく》を隠《かく》せない

令和5年7月20日　初版発行

著者——楓原《かえではら》こうた

発行者——山下直久
発　行——株式会社KADOKAWA
〒102-8177
東京都千代田区富士見2-13-3
0570-002-301（ナビダイヤル）
印刷所——株式会社暁印刷
製本所——本間製本株式会社

※定価はカバーに表示してあります。
●お問い合わせ
https://www.kadokawa.co.jp/（「お問い合わせ」へお進みください）
※内容によっては、お答えできない場合があります。
※サポートは日本国内のみとさせていただきます。
※Japanese text only

ISBN978-4-04-075058-3 C0193　◇◇◇

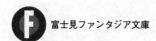

切り拓け！キミだけの王道
ファンタジア大賞
原稿募集中！
賞金
《大賞》300万円
《金賞》50万円
《銀賞》30万円
選考委員
細音啓「キミと僕の最後の戦場、あるいは世界が始まる聖戦」
橘公司「デート・ア・ライブ」
羊太郎「ロクでなし魔術講師と禁忌教典《アカシックレコード》」
ファンタジア文庫編集長
前期締切 8月末日
後期締切 2月末日
公式サイトはこちら！ https://www.fantasiataisho.com/